자신을 응원하라

차례

Chapter 2 호랑이는 굶주려도 풀을 먹지 않는다

Chapter 3 자기의 존재가치를 키워라

Prologue

그 누구를,
그 뭔가를 응원한다는 것

알게, 또는 모르게 우리는 살아가면서 많은 응원을 합니다. 응원이라고 하면 흔히, 응원단을 생각합니다. 다 함께 박수를 치고, 노래를 부르고, 함성을 지르는 응원을 하는 열광적인 사람들의 집단 말입니다. 스포츠 경기의 응원단이 대표적이지요. 자신이 응원하는 팀, 자신이 응원하는 선수를 흥분된 얼굴과 목소리로 응원하는 모습이 떠오릅니다.

그러나 꼭 박수를 치고 함성을 질러야만 응원은 아닐 것입니다. 우리의 삶을 되돌아보면, 오히려 겉으로 표현하지 않고 마음속으로 가만히 하는 응원이 더 많을지도 모릅니다. 주변 누군가가 자그마한 커피숍을 열었을 때, 축하한다-고 요란을 떨지는 않더라고 꾸준히 시간이 날 때마다 들러 커피 한 잔이라도 더 팔아주는 마음 같은 것 말이지요. 때로는 전혀 모르는 사람을 응원하는 때도 있습니다. 누군지도 모르는, 이제 막 걸

음마를 시작한 아기가 공원에서 아장아장 걷는 모습을 보면서 마음속으로 넘어지지 말고 잘 걸어가라고 기원하는 것 같은 것이 그런 것이라고 할 수 있지 않을까요?

어쨌든 응원이란, 알든 모르든 그 상대에 대한 선한 마음이 없다면 불가능한 일입니다. 그래서 더 많은 응원을 하는 사람은 순수하고 선한 사람이라고 말할 수 있겠지요. <자신을 응원하라>에 등장하는 사람들은 모두 그런 사람이라고 말할 수 있지 않을까요. 이들은 모두 고려대학교 응원단 교우입니다. 아시다시피, 고려대학교 학생들의 응원에 대한 자부심은 대단합니다. 그런 학생들을 선도하여 응원을 이끌고 간다는 것은 쉬운 일이 아닙니다. 보이지 않는 곳에서 머리를 싸매는 아이디어 회의, 고된 훈련 등이 거듭되며, 자신의 시간과 노력을 응원에 모두 바친 사람들만이 가능한 일입니다. 그만큼 고려대학교를, 그리고 고려대학교의 응원을 순수하고 선한 마음으로 사랑하는 사람들이라는 뜻이겠지요.

<자신을 응원하라>는 그런 순수하고 선한 사람들의 이야기입니다. 어쩌면 한 대학 교우들만의 이야기이기 때문에 자칫 편향된 내용이라고 생각되기 쉽지만, 한 줄 한 줄 읽어보시면 '응원'이라는 것이 우리 삶에 얼마나 긍정적인 영향을 주는지를 느끼실 수 있을 것입니다.

그 누구를, 그 뭔가를 응원한다는 것. 그것이 얼마나 가치 있는 일인지를 지금부터 확인하고 공감해 보시기 바랍니다.

2020년 1월 새해를 시작하는 아침에

김 정 우 (원장 / 고려대학교 세종평생교육원)

Chapter 1

어쩌다 고대응원단

응원과 삶은 “조화”가 중요하다.

뭐든 하나에 몰입하면 길은 열리기 마련이니

거기서 멈추지 마라.

누군가는 지금 너를 지켜본다.

응원은 우리가 태어나는 순간부터 시작된다

김순배

78년 응원단장 / (전)IBM근무

응원이란 무엇일까요?

응원이란 우리가 태어나는 순간부터 시작되는 인간의 삶입니다. 탯줄을 자르며 “으앙” 하며 아기가 우렁차게 우는 소리와 함께,

“바르고 건강하게만 자라다오!”
“사랑으로 키워 주세요!”

부모와 자식이 주고받는 ‘사랑의 대화’이며 ‘응원’입니다. 잠시 잠깐 하는 응원 이벤트는 응원의 본질이 아니라고 생각합니다. “응원의 에너지를 통해 성취하는 것”. 그동안의 삶을 되돌아보면 응원의 에너지로 이뤄낸 수많은 경험이 제 인생에서는 참 중요했던 것 같아요.

고대응원단에 들어가기 전에는 어떤 학생이었을지 궁금한데요. 응원단원들은 어렸을 때부터 뭔가 달랐을까요?

저는 혜화동에 있는 동성중 고등학교를 다녔고 평소에 운동하는 걸 좋아했어요. 6개월 정도 학교의 핸드볼 대표선수로 뛰기도 했습니다. 집안의 반대로 결국 운동을 계속할 수는 없었지만, 마라톤부도 직접 만들었고, 주변으로부터 운동에는 재능이 있다는 말을 많이 들었어요. 성격도 굉장히 활달해서 친구들도 많았습니다.

중3 때 조회시간에 갑자기 친구들에게 떠밀려 응원단장으로 뽑힌 적이 있었어요. 굉장히 당황스러웠죠. 일단 전교생 앞에 서기는 했지만, 응원이라는 것을 해본 적이 없어서 어떻게 사람들을 리딩을 해야 하는지 몰라서 멀뚱멀뚱하게 서 있다 그냥 내려왔어요. 창피하기도 하고 많이 아쉽기도 했어요. 그 후 우연히 고연전 응원에 관한 이야기를 고2 때 윤리 선생님에게서 처음 들었어요. 듣자마자 이상하게 마음이 설레었죠. 이때부터 응원이라는 것을 한번 제대로 해보고 싶다는 생각이 들기 시작했던 것 같아요. 한가지 운동에 몰입하기보다는 많은 친구와 다양한 운동에 참여하면서 공동의 목표를 가지고 승리를 위한 과정을 꾸준히 추진해 나가는 것에 큰 매력을 느꼈습니다.

응원단이 되기 위해 구체적으로 어떤 노력을 하셨나요?

저는 다른 응원단원들과는 달리 "어쩌다 응원단"이 된 건 아닙니다. 저 나름대로 3년 동안이나 응원단이 되기 위한 준비를 했습니다. 제가 제일 먼저 한 일은 주변에 내 꿈이 응원단장이라는 것을 공표하는 것이었습니다. 그 꿈을 제대로 실현하기 위해서는 응원에 몰입해야겠다고 생각했습니다. 그래서 고등학교 3학년 때 휴학을 결정하고, 응원 트레이닝을 시작했습니다. 부모님과 학교의 반대가 무척 심했습니다. 저는 제 뜻이 명확하다는 것을 설득시키기 위해 마침내 가출까지 단행했고, 결국은 휴학을 해도 좋다는 허락을 받아냈죠.

그 후, 서울을 중심으로 고등학교 체육대회를 시작으로 전국으로 응원전이 있는 곳을 다 찾아다니며 트레이닝을 했습니다. 특히, 배재-양정 배양정기전, 경신고, 영등포공고 등 10여 개의 전국 고등학교 축구대회, 야구, 농구 등의 경기장에서 응원 실전연습을 했습니다. 제가 휴학 중이라 그때는 머리를 길러 대학생 같아 보였습니다. 그래서 고등학생들에게 내가 연대 응원단 선배라고 속이고 응원을 가르쳤는데 아이들은 순진해서 저를 잘 따랐습니다. 결국은 그 시절, 당시에 응원 좀 한다는 고등학교 응원단장들의 장점까지 모두 빨리 배우려고 노력했던 것 같아요.

고대응원단에는 어떻게 들어가시게 되신 건가요?

처음에는 연대에 갈 생각이었어요. 한번은 연대 응원단을 만나 밤 12시 통행금지까지 넘기며 응원에 대한 많은 이야기를 나눠봤지만, 생각이 잘 안 맞았어요. 그래서 여기저기 수소문을 해서 고대 예비 체육대학에 직위가 좀 높은 분을 찾아갔어요. 나중에 알고 보니 그분이 지금은 작고하신 김오중 학과장님이셨어요. 고등학생이 무턱대고 찾아와서 고대에 들어오고 싶다고 했으니 참 당돌해 보였을 겁니다. 교수님은 제게 체육이론 책을 한 권 선물해 주시면서 이 책으로 열심히 공부하라고 하시더군요. 그 책이 저를 고대에 입학하게 해 준 고마운 선물이었습니다.

평생 그때만큼 저를 열정적이게 했던 적은 없었죠. 동성고 이과 전교 꼴등을 하던 친구 화석이까지 제가 고대에 입학시킨 감격스러운 순간 또한 평생 잊을 수 없는 일입니다. 저는 우선 학교에 잘 적응하지 못하고 진로에 대한 희망을 잃은 화석이에게 고대에 함께 가자고 설득했습니다. 노력하면 꼭 입학할 수 있다고.. 예비고사 1달 전부터 눈썹까지 밀어버리고 둘이 함께 죽자 살자 시험공부에만 매달렸어요. 우리 둘은 공부하던 애들이 아니었잖아요. 그러다 보니 책 내용이 이해되지 않는 것이 많았어요. 그럴 때는 문제집들을 그냥 통째로 암

기했어요. 드디어 합격증을 받던 날, 화석이와 저는 어깨동무를 하고 고대 응원가를 부르며 밤새 학교 운동장을 돌았습니다. 내 평생 그렇게 행복했던 순간은 없었을 겁니다.

그리고 그때는 본고사가 있던 때여서 본고사에 대비해서 우리는 또 체육이론을 토씨 하나 안 빠트리고 전부 외우고 시험을 보러 갔어요. 결과는요. 고대는 꿈도 못 꾸던 화석이는 당당히 합격하고 저는 떨어졌어요. 체육과 50명 정원에 51등 예비 합격자 명단에 제가 있더군요. 저는 식음을 전폐하고 두문불출하며 세상을 원망했어요. 그리고 성당에 가서 주님께 내게 왜 이런 시련을 주시는지 울분을 토했어요. 그러다 한 통의 고대 합격전화를 받았던, 그 감격스러웠던 순간은 아직도 잊히질 않아요. 나중에 알고 보니 대광고 야구선수 중에서 고대에서 경희대로 장학금 조건으로 한 명이 빠진 덕분에 예비 합격자 명단에 있던 저에게 기회가 온 거라고 하더군요. 인생은 참 드라마틱합니다.

그렇게 저는 꿈에 그리던 고대생이 되었습니다. 속옷부터 모든 옷에 고대 마크를 붙이고 달고 다닐 만큼 고대를 사랑하게 되었습니다. 그러다가 그때 당시 응원단장이던 이석한 선배(72학번)를 찾아가 내가 그동안 자신 있게 준비한 응원시범을 한번 보일 수 있도록 시간을 내달라고 요청했습니다. 드디어 3년 동안 준비한 응원 시범을 선배님들 앞에서 선보였습니다. 난 선배님들의 감탄과 칭찬을 기대했지만 내 응원시범을 보신 선배님들은 어찌 된 일인지 한마디 말이 없으셨고 막걸리 한잔 하자는 말씀으로 평가를 대신했습니다. 그때 응원단실 벽에 붙어있던 문구가 지금도 제 가슴에 남아 제 심장을 뜨겁게 합니다.

"여기 자유 정의 진리의 전당이 있다.
여기서 춤추어라"

다 함께 할배집(막걸리집)으로 와서 이석한 선배가 조용히 저한테 이런 말을 하더라고요.

"너는 다른 대학에 가서는 응원단장이 될 수 있지만, 고대 응원단에는 잘못 온 것 같다. 여기는 백지 같은 신입생이 들어와서 단원, 조단장, 부단장을 거치면서 성숙하여가는 과정이 중요하다. 너처럼 사전에 너무 많이 준비된 사람은 선입견이 있어 고대정신을 습득하는 데 오히려 걸림돌이 된다. 너는 다른 단원들보다 더 힘들 거다. 응원단에 입단하려면 마음의 준비를 단단히 해라."

제 인생에서 그 순간만큼 절망적이고 슬펐던 적은 없었습니다. 그렇지만 선배들의 애정 어린 조언은 두고두고 제 마음에 남아 응원단 생활이 힘들 때마다 항상 균형감을 갖게 해주고, 가슴 깊은 곳에 고대응원단이라는 자부심을 느끼며 살게 해주지 않았나 하는 생각이 듭니다.

고대응원단 활동에서 기억이 남는 일이 있다면 무엇인가요?

당시 훗날 인기가수가 된 김만수를 비롯한 경복고 출신들이 대거 연대응원단에 들어갔다는 소문을 들었어요. 그 친구들이 제 경쟁자였죠. 저는 김만수를 이기려고 레슬링 박수를 만들었습니다. 연대의 메인 박수였던 카우보이나 펜싱 박수는 연대문화와 잘 맞는다는 생각이 들었는데 곰 박수는 좀 약하다는 생각이 들었어요. 레슬링 박수는 일정한 박자가 없어요. 공식도 없고 내가 마음대로 할 수 있는 그런 박수예요.

당시 연대와 고대 학생들 모두 이 레슬링 박수를 좋아했어요. 레슬링 박수가 실제로 싸움을 하는 게 아니라 때리는 시늉을 할 때 효과음을 내는 건데, 연대도 이 응원을 잘 받아줬어요. 고대가 경기에 졌을 때 연대의 배려심이었을 수도 있어요. 이후 연대는 고대의 개인기 응원을 이길 수 없을 거라 판단하고 집단응원으로 대응하기 시작한 것이 바로 이 레슬링 박수였다고 하니 저도 고대응원에 조금은 기여했다는 보람을 느낍니다.

응원단에는 전통이라는 것에 대한

의문과 비과학적인 것들뿐.

직접 몸으로 부딪쳐서 해결하고

그 경험을 나누라.

무협소설만 읽다 고대입학 어쩌다 보니 고대응원단

안해진

87년도 응원단장

이벤트 프로모션 회사 경영

고대응원단에 들어간 계기가 있으셨나요?

고등학교 때 무협소설을 좋아하는 바람에 학교 내신이 많이 떨어졌어요. 본고사가 있으니까 내신관리는 안 해도 된다고 생각하고 있었습니다. 그런데 2학년 때 갑자기 입시제도가 바뀌면서 학력고사와 내신이 생긴 거죠. 당시 연대 수학과를 나오신 담임선생님이 저에게

"너 같은 뺀질이는 연대 안 돼! 고대 가!"

하시면서 고대 원서를 써 주셔서 어쩌다 고대에 들어오게 되었어요. 신입생 오리엔테이션 때 경험한 응원이 저는 참 인상적이었어요. 신입생에게 응원부터 가르치는 게 그때는 좀

이상하다는 생각이 들었는데, 나중에 알게 되었죠. 응원이 고대생들에게 얼마나 중요한 것인지...

사실 "응원"하면 떠오르는 이미지는 좀 날라리 같은 이미지였죠. 근데 "고대생". 이들은 뭔가 다른 것 같았어요. 공부도 잘하면서 잘 노는 사람들? 대학 시절의 낭만을 즐길 수 있는 끝자락인 1982년 대학에 입학한 나로서는 즐기고도 싶었고, 조금은 잘난 척도 하고 싶었나 봅니다. 입학하자마자 추위가 덜 풀린 운동장에서 멋진 응원복을 입고 응원을 가르치는 응원단원들의 모습은 고등학교 때 단체응원 경험이 있던 나로서도 마치 다른 세계의 사람들인 것처럼 다가왔어요.

매일 아침 등교할 때, 지금은 사라졌지만, 학교 정문을 들어서면 만나는 대운동장에는 늘 아침 햇살이 내려앉았어요. 무언가 가슴 벅차오르게 만드는 본관의 경치와 함께 고대생이 되었다는 자부심이 응원단의 잔상과 겹치면서 그 모습이 더욱 커 보였죠.

3월 초, 수강신청을 하고 이곳저곳 강의실을 옮겨가며 수업을 듣다가 대강당 근처에 들른 화장실 입구에 <고려대학교 응원단>이라는 목제 간판이 이채롭게 느껴지던 찰라 문이 열리면서 "어서 와"라는 말과 함께 얼떨결에 끌려 들어간 응원단! 아마 81학번 이승우 형이었던 것 같아요. 뭔가 그곳은 이질적이면서도 위압적이었던 것도 같았습니다. 친절한 선배들과 두런두런 이야기 나누는 것이 고등학교 때와는 다른 뭔가 색다르고 재미있었습니다. 어쩌다 한두 번 단실을 들르던 것이 정식 지원으로 이어지고 나도 모르게 응원단원이 되어 있었습니다. 이렇게 82년 응원곡 <어쩌다 마주친 그대>처럼 어쩌다 마주친 응원단! 이곳에서 어쩌다 마주친 사람들과 내 대학 시절의 대부분을 보내게 될 줄은 생각지도 못했습니다.

어쩌다 가게 된 응원단 활동은 또 어떠셨나 궁금하네요.

응원단에 1차 합격한 후에 데블캠프에 가서 악마를 보았죠. 운동장을 악을 쓰고 달리는데 힘들다고 거기서 포기할 수도 없고, 한 세 바퀴쯤 돌았을 때 쓰러졌어요. 4일째는 오기가 발동해서 어디 한번 끝장을 보자 싶었습니다.

정식 입단을 하고는 거의 한 학기 동안 동작을 배웠어요. 박수와 손 끊기 그리고 '고대'라고 외치는 함성이었죠. 게다가 신입들은 응원단의 온갖 허드렛일과 선배들의 심부름을 해야 했어요. 만 원을 주면서 술과 안주, 담배를 사 오고 거기에다 교통비는 남겨오라고 하더군요. 참 당황스러웠어요. 선배들이 우리 신입들이 돈이 모자랐을 때나 곤란한 상황을 어떻게 해결하나 지켜보는 거였어요.

축제 때는 제가 조명을 담당했는데, 무작정 청계천 조명업체에 가서 제품이나 설치방법을 물어 공부해 가며 무대 조명을 설치했던 기억이 납니다. 그런데 축제가 무산되는 바람에 제대로 한번 조명을 켜보지도 못하고 많이 아쉬웠어요. 당시에는 다들 그랬어요. 매뉴얼 같은 것이 없어서 직접 몸으로 부딪쳐서 해결하고 그 경험을 나누는 도제 방식이었어요. 정말 비과학적이었죠.

예를 들어 응원곡을 선곡할 때, 제가 닐 다이아몬드의 스위트 캐롤라인(Sweet Caroline)을 추천했는데 선배들이 무조건 안 된다고 하더라고요. 그 이유는 아직도 모릅니다. 곡의 문제점이나 응원곡 선정에 대한 기준을 미리 알려주면 좋은데 아무런 설명이 없었어요. 그 후, 저는 제가 아는 걸 정리해서 후배들에게는 친절한 지침을 만들어 주긴 했습니다.

그리고 또 한가지 응원단 생활에서 아쉬웠던 건 술을 권하는 문화와 구타였습니다. 저는 다행히 술을 좋아해서 괜찮았지만, 술이 약한 동기들은 힘들어했어요. 그래서 제가 다른 동기들 술까지 다 먹어주는 바람에 늘 취해 자거나 해서 1차 이

후의 기억이 별로 없습니다. 그래서 1987년 응원단장이 되면서부터는 술을 못 마시는 사람에게는 술을 권하지 않도록 했지요. 술 때문에 인재를 놓치는 일이 없었으면 해서요. 그리고 구타 문화도 없애려고 했지만 그렇게 하지 못한 게 못내 좀 아쉽습니다.

연대와 경쟁하면서 벌어진 일 중에 기억에 남는 일이 있으신가요?

연대응원단 82학번 동기 중에 중앙여고에서 응원단장을 했던 친구가 있었죠. 아이스하키 경기 때 그 친구가 스케이트를 타고 고대 응원단 석까지 와서 적극적인 응원공세를 펼쳤는데 그걸 제가 제대로 대응하지 못한 아쉬움이 컸습니다. 후에 동기인 주선태가 정빙을 하는 '점보니'라는 기계를 빌려와서 둘이 그걸 타고 연대응원단 석까지 가서 복수전을 펼쳤어요. 그 순간이 정말 기억에 남아요.

응원은 경기의 상황과 상대방 응원단이 누구인지에 따라 응원이 잘되기도 하고, 안되기도 합니다. 안 될 때는 관중들을 뭔가로 유도해야 하죠. 그럴 때 우리는 주로 '고대'라는 함성을 외칩니다. 평소 학교 정문에서 응원단실이 있는 강당까지 들리도록 피나는 훈련을 했던 그 '고대'를 외칩니다. 먼저 내 목소리가 운동장에 '쩌렁' 하고 울리고 관중들이 '야'라는 함성으로 화답할 때의 그 희열은 정말 말로 표현할 수가 없습니다. 마이크를 사용하면 목소리가 증폭되어 나갑니다. 하지만 내 목소리를 듣고 수많은 사람이 목소리로 화답하는 것에는 미치지 못합니다. 요즈음은 마이크를 많이 사용하지만 저는 후배들이 육성 응원을 많이 했으면 합니다. 육성으로 하는 서로에 대한 교감은 마이크로 하는 교감과는 비교할 수가 없기 때문이죠.

응원단 활동이 끝난 후 아쉬움은 없으셨나요?

아쉬움은 없습니다. 응원단상에서 내가 할 만큼은 최선을

다 해봤으니까요. 게다가 졸업 후에는 이벤트 프로모션 일을 했습니다. 그러니 응원단 생활은 내 인생에 가장 큰 영향을 주었다고 할 수 있죠. 1982년 정기전 개막식 날의 동대문 운동장이 아직도 생생하게 기억이 납니다. 처음 그라운드에 들어섰을 때 관중석을 가득 메운 관중들이 '고대'를 외치는 소리에 머리카락이 쭈뼛거릴 정도로 말로 표현할 수 없을 만큼 가슴이 벅찼습니다. 지금도 그 순간이 생생하게 떠오릅니다. 이런 희열을 저는 1984년에도 그리고 1987년에도 느꼈봤으니 응원단으로서 저는 참 행복한 사람이 아닐까요?

고대가 정말 좋다.

어딜 가나 고대 후배들이 몰려온다.

모이면 항상 우리는 어디에서든 응원가를 부른다.

우리 고대는 정말 별나다.

응원단장 출신 "뽀빠이" 나는 항상 자랑스럽다

이상용

임학과 63학번 / 연예인

어떻게 응원단에 들어가게 되셨나요?

요즘 같으면 저같이 키 작고 볼품없는 사람은 응원단에 못 들어 갔을 거예요. 그런데 그 시절에는 응원단을 뽑는 기준이 없었어요. 여학생들 앞에서 10분씩 발표를 해서 좋은 점수가 나오면 뽑히는데 저는 만장일치로 뽑혔어요. 제가 열정과 아이디어가 많잖아요. 그 당시만 해도 고연전 하면 6.25전쟁 다음으로 난리도 아니었어요. 그때는 응원연습에 안 나오면 학점이 안 나왔어요. 응원단장의 파워가 정말 어마어마했죠. 학생회장은 아무것도 아니었어요. 나는 역도부 출신이었는데 역도부 출신들도 응원 안 나가면 벌을 서곤 했어요. 거의 전교생이 참여하지 않았을까. 저는 응원단 활동을 한 것이 제 인생에서 가장 잘한 일이라고 생각합니다.

나는 응원에서 무엇을 보여줄까 고민하다가 낸 아이디어가 훈민정음과 웃통 벗고 하는 타잔 박수를 선보였어요. 그때는 337박수, 파도 박수 정도나 할 때인지라 다들 신기하게 생각했죠. 한번은 응원 때 제가 몰래 연대 응원단 석으로 가서 우리 스피커를 설치했어요. 다들 그 소리 듣고 기절하게... 그때 내가 훈민정음을 하면 연대 애들이 그걸 듣고 다 따라 하곤 했었어요.

"고대 야구와 연대 야구와는 서로 실력이 사 마디 아니 할 때 타자가 치려고 할 때 이셔도 치지 못할 놈이 많으니라. 이를 어여삐녀겨 드롭을 던지노니 타자마다 삼진의 아웃되기를 기대하나이다." 이게 훈민정음이고,

"연대가 지고지고 일백 번 고쳐지고 기권이야 하건 말건 이긴다는 일편단심 변할 줄이 있으랴" 스피커가 연대 쪽에 설치되어 있으니 다들 그 소리에 깜짝 놀랐을 거예요. 연대생들이 많이 따라 하고 박수를 치고 하니까 연대응원단들이 엄청 당황해했어요. 한마디로 히트를 친거지... 역대 응원단 중에 내가 가장 작고, 맹랑했으니 다들 저를 잊지 않고 기억해 주는 것 같아요.

고연전 끝나자 마자 저는 항상 제일 먼저 종로로 뛰어갔어

요. 연대 못 오게 종로를 차지해야 했거든요. 그러고 나서 광화문까지 뛰었어요. 그때 한가지 사건이 있었는데, 종로에 페인트 가게 간판에 홍길동이 호랑이를 밟고 있는 그림이 있었어요. 내가 화가 나서 간판을 떼어 내 발로 다 밟아 부셔버렸어요. 그리고 실톱에다 창호지를 발라가지고 다녔어요. 연대 귀 자른다고... 와 그 때는 다들 무서웠어요. 그래도 마지막에는 연대와 함께 어울렸죠. 고대와 연대는 이런 끈끈함에 있어요. 군대 가서도 제가 1소대였는데 3소대장이 연대 출신이어서 우린 정말 친했어요. 우린 그런 게 있는 것 같아요. 지금도 방송에서 나를 소개할 때 "응원단장 출신 뽀빠이"로 불리는 게 저는 가장 자랑스러워요.

내년에는 고연전에 꼭 가보고 싶네요. 내가 얼마 전에 연대 가서 강의하는데 고연전이라고 했다고 뭐라 하길래 제가 한마디 했어요. 내가 "연대 시험쳤다 떨어져서 고대 갔다"고 했더니 박수가 엄청 나왔어요. 고연전이 맞습니다. 훈민정음에서도 고가 먼저니까 고연전이 맞습니다. 그랬어요.

고대가 정말 좋은 게요. 어딜 가나 내가 왔다 그러면 고대 후배들이 다 몰려듭니다. 모이면 항상 어디에서든 "입실렌티 체이홉"을 막 부르죠. 정말 우리 고대는 별납니다.

가장 기억에 남는 건 현대 사우디아라비아 공사 위문공연이에요. 그 공사현장 근로자 중에 고대후배들이 많다는 이야기를 듣고 김상협 총장을 만나 격려편지를 하나 써달라고 해서 가지고 갔어요. 사막 한가운데 내가 헬리콥터에서 내리자마자 응원가와 교가를 5절까지 떼창으로 불렀어요. 고대 후배들을 위해 제가 거기서 제일 먼저 쇼를 하면서 후배들을 격려했죠. 근로자가 2000명 모여있는데 "고대 손들어" 그러면 200~300명은 손을 들고, 어딜가나 응원가와 교가를 부르죠. 연대 애들은 이런 거 모를 거예요.

응원단원의 리더십은

“끈기와 단련”으로 만들어지는 것.

가장 힘들었던 시기에 나를 다시 일으켜 세운 힘은

바로 그 응원단에서 배운 “열정과 인내”

고대응원단장의 자질은 타고나는 것이 아니라 길러지는 것이다

오규백

1997년도 응원단장

변호사(법무법인 대호)

고대응원단에 관심을 가지신 건 언제인가요?

고대에 입학하고 학풍, 교풍, 크림슨, 호랑이 그리고 석조 건물까지 고대를 상징하는 모든 것이 제 맘에 들었어요. 선후배, 동기들과 같이 막걸리를 마시며 응원가를 부르고 구호를 외치면서 입학한 지 한 달도 안 되어 학교와 사랑에 빠졌죠. 그러다 보니 내가 직접 학교를 위해서 할 수 있는 것이 없을까, 즉 고대 문화의 중심에 들어가서 그것을 이끄는 사람이 될 수는 없을까 하는 꿈을 꾸게 되었습니다. 그중에서도 고대 응원문화를 리드하는 사람이 되고 싶다는 생각이 마음을 떠나지 않았습니다. 그러나 고대응원단에 선뜻 지원할 용기가 나지 않았습니다. 특히 당신의 뒤를 이어 학문의 길을 걷기를 원하시는 아버지가 허락을 하실까 염려되었습니다. 그래서 응원단실의 문을 두드리지 못하고(당시는 단실의 문이 두꺼운 철제로 되어 있어서 그 위압감 때문에 더 두드리기가 힘들었던 것 같습니다) 단실이 있던 대강당 주위를 맴돌곤 하였습니다. 하지만 내 마음속에서 들리는 진지하고 강력한 소리를 외면하기 힘들었습니다. 먼저 왜 내가 고대응원단 활동을 해야만 하는지 그 이유에 대해, 그리고 앞으로의 나의 대학생활에 대해 조목조목 노트에 적어서 아버지를 설득했습니다. 그리고 4월 말 신입 단원 2차 모집 공고를 보고 입단 신청을 하였습니다. 그리고 일명 '데블 캠프'라고 하는 힘든 신입단원 훈련 과정을 이겨내고 그토록 원하던 응원단원이 되었습니다.

그런데 막상 응원단 생활을 시작하면서부터는 너무 힘들어서 그만두어야지 하는 생각만 가득했던 것 같습니다. 매우 강도 높은 응원훈련, 체력훈련, 선후배들 간의 위계, 술자리에서도 흐트러진 모습을 보여서는 안 되는 엄격한 분위기 등에 적응하기가 정말 힘들었습니다. 외형적 화려함과 실제 응원단 생활은 큰 차이가 있다는 것을 알고 있었지만 화려한 빛을 내기 위한 단련 과정이 결코 만만치 않다는 것도 알게 되었습니다. 여름방학에 정기 고연전 대비 여름 훈련을 하며 제게 다짐을 하였습니다. '그렇게 좋아서 스스로 왔는데 응원의 맛이라도 보고 나가야 할 것 아닌가! 1학년 정기전은 마치고 그만두자.'

1994년 50년 만의 무더위가 찾아왔습니다. 뙤약볕 속에서 훈련을 받다가 다리를 다쳐 깁스까지 하게 되었습니다. 그렇지만 드디어 9월 어느 청명한 하늘 아래 드넓은 잠실벌에서 열린 정기전에서 그렇게나 꿈꿔왔던 응원단상에 자랑스럽게 설 수 있었습니다. 정기전이 끝나니 성취감, 후련함, 아쉬움, 허무함 등 여러 감정이 물밀 듯이 밀려왔죠. 그런데 확실한 것은 제가 고대응원의 매력과 응원단에 정이 들어 버린 것입니다. 정기전 후 응원단을 그만두겠다던 내 결심을 슬그머니 철회하였습니다. 길고 힘든 여름훈련 과정을 거쳐 정기전 응원단상에 선 자만이 정식 응원단원이 될 수 있다는 고대응원단의 전통이 왜 생겼는지 마침내 알게 되었습니다. 정기전을 마치니 그 엄격하고 미웠던 선배들이 1학년 단원들에게 전에 없이 한없이 따뜻하게 대해 주었습니다. '너를 응원단원으로 인정한다'는 의미와 더불어 다른 데로 도망가지 못하도록 하는 일종의 전략(?)이 아니었을까 생각합니다.

이제는 짐작하실 것입니다. 겉으로 보이는 응원단의 화려함만을 좇아 들어온 학생들은 오래가지 못합니다. 1학년 때부터 튀는 학생들, 선배들의 주목을 받는 후배들이 오히려 빨리 그만두곤 합니다. 평범한 학생들, 끝까지 할 수 있을까 의문부호가 붙은 단원들이 조단장, 부단장을 거쳐 응원단장까지 합니다. "고대 응원단장의 자질은 타고나는 것이 아니라 길러지는 것"입니다. 응원단원의 리더십은 끈기와 단련으로 만들어지는 것입니다.

응원단장을 하면서 가장 크게 배운 것이 있다면?

리더십에 대한 것을 많이 배웠습니다. 응원단이라는 조직에서의 나 그리고 다른 응원단원과의 관계 속에서의 나에 대해 많이 고민하며 인간적으로 성숙해지는 계기가 되었습니다. 응원단장이었을 때 선배들의 비판 또는 충고가 참 듣기 싫었습니다. 참다운 리더가 되려면 쓴소리를 듣기 싫어하는 인간본성을 억제할 줄 알아야 한다는 점도 배웠죠. 성경 말씀에 이런 것이 있어요.

'노하기를 더디 하는 자는 용사보다 낫고 자기의 마음을 다스리는 자는 성을 빼앗는 자보다 나으니라.'

그 말씀을 포스트잇에 써서 지갑에 항상 붙이고 다녔는데, 당시 혈기만 왕성하고 부족한 점이 많았던 저는 제대로 실천을 하지 못했습니다. 후배들에게 미안하죠.

우리는 20대 초중반의 아마추어들이었습니다. 고대 문화의 핵심인 응원을 이끌어야 하는 꽤 무거운 짐을 어깨에 짊어지고 있었고 우리가 개최하는 행사들은 그 규모가 굉장히 컸습니다. 아마추어들이 그 짐을 메고 여러 학내외 행사를 치르다 보니 의사결정 과정에서 다른 응원단원들과 많은 갈등관계에 놓이게 됩니다. 그러한 갈등을 풀어나가는 방법도 차츰 많이 습득하게 된 것 같습니다.

또 한가지 얻게 된 것은 응원단 활동을 하면서 많은 사람 앞에서 이야기하거나 발표하는 것에 어려움이 없게 된 점입니다. 이것은 변호사 생활을 하는데도 큰 도움이 됩니다.

90년대 중반의 고대응원단의 분위기는 어떠했나요?

이 시기는 고대응원단의 과도기였다고 보시면 됩니다. 대학에서 학생운동이 잦아들고 학생들은 취업을 위한 개인의 역량 강화에 점점 관심을 기울이던 시기였습니다. 그러한 시대의 흐름은 응원단에도 영향을 미쳤습니다. 80년대 후반이나 90년대 초보다 운동권 학생회와의 긴장 상태는 많은 부분 해소되고 응원단이 주관하는 행사(신입생 응원 오리엔테이션, 입실렌티 지야의 함성, 정기 고연전 등)가 학생들로부터 더 많은 관심을 받게 되었습니다. 반면 응원단을 하면 자기 시간을 많이 갖지 못하게 되므로 미래를 위한 다양한 스펙 쌓기에 관심이 있었던 학생들은 응원단 입단을 꺼리는 경우가 많아 과거보다 응원단원 모집에 다소 애를 먹기도 하였습니다.

2학년 조단장을 마치면 군대에 가거나 다른 이유로 현단원을 그만두어서 3학년 부단장이 부재한 해가 많았습니다. 실제로 1992년부터 1995년까지 3학년 부단장이 없어서 2학년이 부단장을 하거나 복학생이 정기전 즈음해서 부단장에 임명되어 단상에 서는 일도 있었습니다. 이러한 흐름에 따라 여단원이 점점 응원단에서 중요한 위치를 차지하게 된 것도 또 하나의 변화였습니다. 이전에는 상상할 수 없었던 3학년 여자 부단장이 이때부터 세워지기 시작했습니다.

뒤돌아보면 응원단의 역사는 선배 응원단원들이 쌓아놓은 돌탑에 사회라는 거대한 조류에 의해 다듬어진 돌 하나를 얹어 놓는 과정이라고 생각합니다. 94학번 여단원들이 과거와는 달리 2학년 조단장까지의 역할을 중단없이 훌륭히 마친 이후,

여단원이 단실에서 수적으로나 업무적으로나 유의미한 역할을 하기 시작했고, 1999년에는 여자 3학년 부단장이 세워졌으며, 2004년에 최초의 여자 단장이 탄생하게 된 것이 그 예입니다. 한동안 없었던 3학년 부단장도 1996년에 남단원 한 명이 3학년 부단장 임무를 수행하면서 그 뒤로 특별한 일이 없는한 각 학번에 한두 명은 현단원을 그만두지 않고 3학년 부단장을 이어가게 된 것도 그 예라 생각합니다.

만약 과거로 돌아간다면 그때도 응원단을 하실 생각이신가요?

제가 20살 당시 현재의 제 직업을 가지려고 준비하고 있었다면 고민이 많았겠지요. 1994년 당시 오규백으로 돌아간다는 것을 전제한다면 안 하고는 못 배길 것입니다. 고대에 그리고 고대 응원에 그야말로 미쳐있었거든요. 현재 40대인 제가 인생을 뒤돌아보았을 때 그때가 가장 열정적이었던 시기, 다시 찾고 싶은 시기이기도 하죠. 그리고 제가 가장 힘들었던 시기에 나를 다시 일으켜 세운 힘도 바로 응원단에서 배운 "열정과 인내"가 아닐까 싶어요.

제 학부 시절의 거의 전부였던 응원단 활동이 끝나고, 졸업 이후에 고시준비를 하면서 참 많이 힘들었어요. 매번 시험에 떨어지고 나이는 들어가니 착잡한 기분이 들더군요. 친구들은 하나둘 사회에서 자리를 잡아가고 가정을 이루는데 나는 지금 무엇을 하고 있나 하는, 제 자신에 대한 실망감과 미래에 대한 불안감으로 자존감은 바닥을 쳤습니다. 그러던 어느 날 새벽에 책상에 멍하니 앉아 PC를 바라보다가 무심결에 포털 사이트에 내 이름 “오규백”을 한 번 쳐봤어요. 왜 그랬는지 모르겠어요. 아마 세상에 나란 사람도 존재한다는 것을 한번 확인해 보고 싶었던 것 같아요. 그런데 고대 졸업생들의 모임 중 하나인 온라인 카페에 누군가 올린 글이 눈에 띄어 읽게 되었어요.

“응원단장… 94였는데 참 달변가였다. 풍채도 있었고. 뭔가 좌중을 압도하는 힘이 있는 사람으로 기억된다. 앞에서 춤추는 그냥 댄서 중 짱이 아니고 그 사람 스스로 그 자리에서 고민하고 새기고 담으려고 한 게 있었던 거였겠지. 짱도 아무나 되는 게 아니라는 것을… 아무나 그 만큼 해낼 수 있는 것이 아니라는 것을… 지금 뭐 하는지 모르겠지만 평범한 샐러리맨에 아기 아빠가 되어 있겠지. 무늬가 중요하겠어? 무엇을 하든 그런 진지함과 뚝심… 고집이 있는 사람이라면 뭐라도 일궈내지 않겠나 싶다.”

이 글을 읽고 갑자기 눈시울이 뜨거워지면서 정신이 확 드는 것 같았어요. 맞아! 내게도 그런 패기 넘치고 자신감 있었던 시절이 있었지. 지금의 나는 내가 아닌 것 같다. 다시 힘을 내 보자.

그 후 우여곡절 끝에 법조인이 되고, 결혼하고, 아이가 태어나면서 나를 다시 찾아가기 시작했던 것 같아요. 변호사로 살아가고 있는 지금도 때때로 힘들 때면 응원단을 떠올립니다. 열정과 환희에 넘쳤던 그 청춘 시절이 있어서 참 좋습니다.

응원단 모든 일을 다 좋아했다.

아무것도 바라는 것이 없었다.

그냥 나는 멋진 '조연'이 되고 싶었다.

중학생 때부터 꿈꾼 응원단

문종덕

89년 YT / LG가산디지털센터 전기과장

어떻게 고대응원단에 들어가게 되었나요?

중학교 때 우연히 TV에서 고연전 농구를 본 적이 있습니다. 젊은이들의 승부와 좌절을 그린 농구드라마 <마지막 승부>가 나오기 전이었죠. TV 속에서 열정이 뿜어져 나오는 박진감 넘치는 경기장에서 뜨겁게 선수들을 응원하는 응원단의 모습을 보았습니다. 저는 그 모습에서 새로운 세계를 발견했다고 할까요. 나도 언젠가는 저런 자리에 꼭 서고 싶다는 생각이 강하게 들었고, 그것이 어떻게든 고대나 연대에 들어가고 싶다는 열망으로 이어지게 된 계기가 아니었나 싶어요. 남들과는 달리 저는 좀 늦은 고2 때 체육과 진학을 결정했는데 연대는 실기가 안 맞아서 포기하고, 고대에 들어오게 되었습니다. 그리고 첫 대면한 고대의 상징, 빨간 크림슨 색을 보면서 무언가 막 가슴이 설레었습니다. 이제 곧 좋은 일이 많이 일어날 것만 같았습니다.

하루는 고대응원단 신입생 선발 포스터를 보고 지원을 하려고 하는데 고등학교 선배들이 가지 말라며 말렸습니다. 이유는 모르겠습니다. 그렇지만 저는 꼭 응원을 하고 싶어서 기수부에라도 들어가야겠다 싶더라고요. 고연전 행사를 위해서 메인이 아니더라도 부수적인 활동을 지원하는 서포터의 역할이라도 하고 싶었죠.

기수부에 들어가서 가장 먼저 배운 것은 응원 동작이었습니다. 매일 밤 12시까지 활동을 하고 귀가하거나 밤을 새우는 일이 많아 그때는 너무 힘들었죠. 하지만 다들 억지로 하지는 않았어요. 분위기에 따라 하다 보면 자발적으로 다 그렇게 하게 됩니다.

그 당시 학내 분규 사태로 한 학기 수업을 못 들었어요. 2학기 때에 비로소 수업에 들어갔는데 밀린 1학기 수업을 다 몰아서 해야 했던 상황이라 무척 따라가기 힘들었죠. 게다가 학교는 늘 최루탄 가스로 덮일 정도로 주변이 혼란스러웠어요. 핑계겠지만 그때는 공부에 집중하기 어려운 시기였던 것 같아요.

1992년경 문민정부가 들어서면서 80년대와는 사회 분위기가 사뭇 달라지기 시작했어요. 점차 개인주의 성향이 짙어졌죠. 응원단은 응원단, YT(영타이거즈)는 YT. 1995년도까지는 그래도 끈끈하게 서로 잘 이어졌다고 보여져요.

기수단을 하시면서 어떤 것을 배우셨어요?

기수단은 간접적으로 리더십을 배우는 과정이 아니었나 싶어요. 모두 다 단상 위에 올라갈 수는 없으니까요. 가장 중요한 건 조화로움이겠죠. 그 당시에 박자를 잘 못 맞추는 단원들이 있었어요. 하지만 그들이 포기하지 않는 모습을 보면서 참 많은 것을 느꼈습니다. 자신들이 부족하면 부족한 대로 열심히 최선을 다하며 노력하는 모습들이 지금도 정말 기억에 남아요. 그들에게 저는 어떤 모습으로 남았을까요.

그러다가 동기들이 전부 군대에 가는 바람에 친구가 없어서 어쩔 수 없이 저도 군대에 가면서 자연스럽게 기수부 활동을 접게 되었습니다. 제대하고 다시 응원단으로 돌아오니 후배가 단장을 맡고 있더군요. 저는 다시 그 후배를 도와주는 서포터 역할을 했어요. 그 당시는 아날로그 세대였지만 연대는 음대가 있었고, 프로 의식이 있었어요. 연대와 스피커 위치를 밤새 앞으로 당기는 경쟁을 벌이던 웃지 못할 헤프닝이 벌어지곤 하던 시대였어요. 이런 허드레한 일을 하는 나를 사람들은 '찬밥'이라고 불렀지만 내 마음은 늘 '따순밥'이었어요. 모든 일을 다 순수하게 제가 좋아서 했지 뭔가를 바라며 한 일은 아니었어요. 그때 저는 멋진 '조연'이 되고 싶었고 그 일을 한 것이 늘 자랑스러웠습니다.

응원단이 끝나고 그동안 어떻게 지내셨어요?

응원단생활이 끝난 뒤에 다니던 회사에 복귀했는데 당시 IMF라 회사가 어려워지면서 회사가 폐업상태가 되어 있었습

니다. 그래서 체육교사로 전직하여 교직 생활을 시작했어요. 일의 성격상 방학도 있고 일찍 끝나는 날도 있어서 저는 응원단이 끝난 뒤에도 후배들에게 밥을 사주러 자주 학교에 갔어요. 지속해서 응원단에 관심을 가지려고 노력하며 살았죠.

요즘 작은 일에도 쉽게 힘들어하는 젊은 친구들에게 해주고 싶은 말이 있어요. 젊을 때 상처받는 것을 두려워하지 말아야 해요. 나이 들어 상처받으면 회복이 힘들어요. 사람에겐 감당할 만큼의 고통만 주어지니까요.

'내게 주어진 일과 임무는 끝까지 완수해야 한다'

일은 '미니멈으로 하는 것이 아니라 맥시멈으로 하는 것'

응원단 정신이 내 삶을 이끌었다.

연대 응원단에서
다시 고대 응원단으로
‘안되면 되게 하라’

김정로

연대 74학번 / 고대 77학번
79년 응원단 총무 / 기획진
88올림픽 특수효과 담당
인생이모작으로 전통 목공 목수

응원단에 들어오시기 전에는 어떤 사람이었나요?

저는 동대문 운동장이 있는 신당동에서 살았어요. 고교 야구 같은 재미있는 경기가 있는 날이면 몰래 개구멍으로 들어가거나 경기가 시작하고 5, 6회가 지나면 퇴장하는 사람들이 있으니까 그때 경기장 문을 개방하면 들어갔어요. 모든 경기는 역시 후반전입니다. 그때부터 홈런, 역전 드라마가 펼쳐지는 장면을 생생하게 현장에서 즐길 수 있었죠.

고등학교 때 한번은 농구게임을 보러 갔다가 고연전을 보게 되었어요. 그때 연대 응원 단장(황만길)의 337박수를 보면서 관중 장악력에 엄청 놀랐습니다. 오로지 손동작 하나만으로 전 관중을 움직이는 모습을 보면서 한 사람의 응원 리더가 이렇게나 많은 사람을 동시에 하나가 될 수 있게 하는 것. '이런 것이 바로 응원이구나!' 라는 것을 느꼈어요. 그리고 고대 단장(김민영)의 태평양 박수는 마치 지진이 난듯한 강렬한 느낌을 받았죠. 가슴이 철렁하면서 진한 감동이 밀려왔어요. 평소 소심해서 남들 앞에 잘 나서지 못하던 내가 이때부터 조금씩 대학에 가면 꼭 응원단에 들어가야겠다는 생각을 하게 되었습니다. 그만큼 응원은 사람들을 리드하면서 느끼는 기쁨이 있을 것이라는 기대를 하게 된 겁니다.

드디어 연대에 합격하고 2월에 입학식도 하기 전에 학교 응원단을 찾아갔어요. 선배들이 이상한 눈빛으로 쳐다보며 이름이나 적어두고 가라더군요. 우선 입학부터 하고 정식으로 응원단 뽑을 때 그때 다시 오라고... 그렇게 기다리다 들어간 응원단 생활에 저는 점점 빠져들었습니다. 나중에 응원단장이 된 한세구라는 친구와 통기타 듀엣을 결성해서 라이브 카페에서 노래도 부르며 낭만적인 대학생활을 보냈죠. 대신 공부는 소홀해지기 시작했고, 결국 학사경고로 학교에서 제적되고 말았어요. 이제 곧 군대에 가겠구나 생각했습니다. 근데 입대가 자꾸 밀리면서 시간이 남아 다시 공부해서 이번에는 고대에 입학하게 된 거죠. 그래서 어쩌다 보니 연대와 고대응원단을 동시에 경험하게 된 독특한 이력을 갖게 되었습니다.

응원단에서는 어떤 역할을 했고 무엇을 얻었나요?

고대응원단에서는 스탭 기획진으로 활동했어요. 그러다 진영돈 단장 시절에는 총무로 응원단 살림을 도맡아 했습니다. 연대를 잘 아는 것이 고대응원단 활동에 도움이 많이 되었어요. 아무래도 타이밍 싸움에서 고대응원단을 유리하게 이끌었죠. 곡 선정부터 현장에서 응원전을 할 때 상대를 알고 나를 알면 백전백승... 상대가 지금 무엇을 하려는지 분위기 파악도 하고, 먼저 선수를 치다가도 어떤 때는 가만히 내버려 두었다가 훅 치고 나가기도 했죠. 연대에서 훈련도 했고, 음악도 많이 듣고 했으니 감각이 나쁘지 않았습니다. 응원곡 선정 때는 대중가요뿐만 아니라 밀바라는 가수의 "지중해의 장미"와 같은 칸초네를 도입하는데도 기여했어요.

응원단에서는 '안 되면 되게 하라', '내게 주어진 일과 임무는 끝까지 완수해야 한다'는 책임의식을 배웠어요. 그리고 모든 일은 '미니멈으로 하는 것이 아니라 맥시멈으로 하는 것'.

응원단 정신은 일하는 자세를 바로잡아 주었습니다. 어떤 일을 맡게 되면 항상 어떻게 하면 잘할까? 어떻게 하면 사람들에게 감동을 줄까? 어떻게 하면 좀 더 멋있어 보일까? 어떻게 하면 사람들이 즐거워할까? 늘 생각하며 살았던 것 같아요.

응원단 활동이 끝나고 어떤 일을 하셨나요?

대학을 졸업하고, 삼성생명에 입사해서 신입사원일 때 '88 서울올림픽' 유치가 결정되었죠. 올림픽 조직위원회가 출범하면서 함께 일할 사람들을 모으고 있었습니다. 내가 응원을 한 사람으로 다른 나라도 아니고 우리나라에서 하는 올림픽인데 경기에 나갈 수는 없지만 개·폐막식에는 자원봉사라도 해야겠다 싶었어요. 연대 응원단장 소개로 면접을 보고 조직위원회에 들어가서 올림픽, 장애인올림픽까지 했습니다. 내가 맡은 일은 영상, 레이저, 화약, 특수효과, 조명 등을 도맡아 했어요. 그때만 하더라도 이 분야는 사람들이 잘 모르던 분야였죠. 아무래도 제 전공이 전자계열이다 보니 쇼컨트롤 특수효과 선진화에 좀 기여는 한 것 같습니다. 그리고 설계, 디자인을 취합해서 예산편성, 공정관리를 하여 행사 전체를 기획하고 성공해내는 이런 분야는 그 전에 없었던 불모지였다고 볼 수 있었습니다. 이 일을 하면서는 저는 매일 야근을 하고 집에 간 기억이 없어요. 그렇지만 힘들다는 생각은 들지 않았어요. 올림픽 다음 월드컵은 서울, 대전, 광주, 부산 등 전국 10개 구장에서 개최되었는데, 저는 울산을 담당했습니다. 그 후 여수 엑스포, 대전 엑스포와도 운명을 같이했습니다.

응원은 그라운드에서 합니다. 일반 극장과는 생리가 다르죠. 극장은 조명이 꺼지고 모든 사람은 객석에 앉아 한 방향을 바라보며 영화나 연극을 관람하는 반면 응원은 그라운드에서 관객이 마음껏 함성을 지르고 박수를 치고, 술을 마시기도 하면서 즐기는 곳입니다. 통제가 안 되는 관중 몇 만 명을 사로잡는 것은 응원의 리더쉽, 지도력이 아니면 안 되죠. 다 같이 상호작용하고, 다같이 대동한마당을 이루는 것입니다. 배우도 관객도 하나인 겁니다. 한목소리로 화합시켜 강력한 에너지를 내게 하는 것. 이런 마술사가 바로 응원 리더인 것입니다.

그 후, 저는 이벤트 산업, 홍보 마케팅 프로모션이 막 시작되던 무렵이라 이 분야에서 내가 생각하는 것을 실현해보고 싶다는 생각을 했습니다. 그래서 일본으로 이벤트 연수를 5개월가량 다녀왔습니다. 동경에서 일본의 첨단 이벤트 기법, 행사장, 공연장, 축제, 스포츠 이벤트, 전국 박람회 경험을 살려 <이벤트월드>라는 회사를 차려 지금에 이르고 있습니다.

나는 사람들을 응원하게 하는 위치에서

그들로부터 응원받았다.

우리는 어느새 교감하며 감동을 나누고 있었다.

스탭은 역할일 뿐.
자기 삶에서까지
스탭은 아니다

권오진

임학과 79학번
손해보험컨설턴트

고대응원단에 들어온 이유는 무엇이었나요?

제 고향은 안동입니다. 중고등학교 고대 선배들이 고향에 왔다 하면 자주 만났었죠. 그때 응원단 이야기를 참 많이 들었어요. 그래서 자연스럽게 고대에 가고 싶다는 생각도 했고, 고대에 들어가면 응원단에 들어가고 싶다는 생각을 했습니다. 그러다 드디어 고대에 입학하게 되고 같은 학과 동기와 응원단에 자진해서 찾아갔었죠. 그때 같이 갔던 동기는 중간에 사정이 생겨 그만두었지만 저는 혼자 끝까지 남아 정말 열심히 활동했습니다.

저는 시골 출신이고, 부모님이 농사를 지으시느라 바쁘셔서 제가 뭘 하는지 신경을 안 쓰시고, 관심도 없으셔서 부모님 몰래 마음 편하게 응원단활동을 했어요. 그런데 정기전을 마치고 시골에 내려갔더니 부모님이 어떻게 아셨는지 하라는 공부는 안 하고 쓸데없이 응원단활동을 한다며 많이 걱정하셨습니다. 그 후 단상에는 올라가지 않았지만 스탭으로 활동하면서 응원단을 떠나지는 않았습니다.

응원단원 중에는 단상에 올라가는 사람들과 올라가지 않는 사람들이 있습니다. 다들 자기가 맡은 일들을 최선을 다할 뿐이죠. 저도 뭐 특별히 하는 것은 없었던 것 같지만 늘 바쁘게 제 역할을 하려고 노력했습니다.

응원단 활동을 하시면서 어떤 걸 느끼셨나요?

나의 응원단 생활을 뒤돌아보면, 분명 나는 사람들을 응원하게 하는 위치에 서 있었지만, 응원을 하는 동안은 항상 내가 더 그들로부터 많은 응원을 받고 있다는 느낌이 들었던 것 같아요. 응원은 허공을 향해 하는 것이 아닙니다. 분명 서로 진한 교감이 있어요. 사실 응원단이든 응원단이 아닌 평범한 사람들이든 응원을 하는 동안 우리는 모두 공동의 목표를 위해 하나가 됩니다.

저는 단상에 서 있었지만, 항상 겸손하고자 노력했어요. 안중근 어록에 실린 견리사의(見利思義) 즉, 눈앞에 이익을 보거든 먼저 그것을 취함이 의리에 합당한지를 생각하라는 말을 항상 마음에 새겼습니다.

1학년 첫 정기전을 마치고 단상을 내려오면서 서로 부둥켜안고 펑펑 울었습니다. 지금도 그때 내가 왜 그렇게 울었는지 모르겠어요. 그 자리가 감격스러웠고, 이때를 위해 우리가 고생하고 그렇게 힘들게 고생했던 순간들이 한꺼번에 주마등처럼 떠올라서가 아닐까 싶습니다. 그런 환희와 열정을 함께 공유한 우리는 평생을 함께 할 만큼 소중한 인연들인 것만큼은 분명합니다. 지금도 단상 위에서 응원하지 못한 것은 못내 아쉽지만, 그래도 무대 밑에서 내가 할 수 있는 한 최선을 다했던 일들에 대해서는 후회가 없습니다.

응원단에서 스탭의 역할이란 무엇인가요?

응원단에서 스텝의 역할은 고연전을 위해 의상도 준비하고, 단원들이 먹을 음식이나 피켓 등 사전에 챙겨야 할 준비물들이 너무 많습니다. 고연전 당일 아침이면 정말 정신이 없었습니다. 그동안 준비한 것들을 모두 차에 싣고 현장에 가서 또 설치하고 응원단들을 뒷바라지하느라 늘 온 몸이 땀으로 범벅되곤 했어요. 스탭들은 그냥 뒤에서 행사가 성공적으로 끝날 수 있도록 묵묵히 일하는 사람들이라고 보면 됩니다. 빛나는 사람들 뒤에서 그들을 더욱 빛나게 하는 사람들… 이들을 따뜻하게 격려해줘야 합니다.

저희 때에 스탭들을 "찬밥"이라고 했어요. 저는 그때 총무일을 맡아 하면서 정리했던 서류들을 아직도 가지고 있습니다. 그 정도로 이때의 일들과 만났던 사람들이 저에게는 소중합니다.

한번은 출장응원을 지원하러 울산에 간 적이 있었습니다. 그 당시 울산 지역의 응원전은 정말 대단했죠. 아직도 그때의 열기를 잊을 수가 없습니다. 그곳에 68학번 응원단 선배님이 계셨는데 그 모습을 지켜보며 제가 고대응원단 출신이라는 것이 얼마나 자랑스러웠는지 지금도 그 선배님을 생각하면 가슴이 뜨겁습니다. 그분이 정말 응원에 많은 기여를 하셨죠. 그 당시에는 응원의 가치를 전국적으로 전달하는 것이 우리들에게는 큰 의미였습니다. 지금은 그 의미가 많이 축소되어 가는 것이 몹시 아쉽습니다.

저는 응원단 스탭 일을 하면서 봉사의 가치를 정말 많이 배웠습니다. 지금도 호응회 소속으로 응원단 일을 계속해오고 있습니다. 이 일을 하다 보면 안 좋은 소리도 듣게 되고 일이 바쁠 때 응원단 일이 많을 때는 심리적으로 부담되기도 하지만 이 일로 인해 내가 잃는 것 보다는 얻는 게 더 크다는 생각을 항상 가지게 됩니다. 앞으로도 그런 감사한 마음으로 제가 할 수 있는 한 이 일을 계속하려고 합니다.

스탭 일을 하는 후배들에게 해주고 싶은 말이 있나요?

응원단 모두에게는 각자 주어진 역할이 있습니다. 찬밥에게도 역할과 가치라는 것이 있습니다. 응원이란 단장만 있으면 되는 것이 아닙니다. 중요한 것은 삶에 대한 자기 가치관입니다. 서로서로 부족한 부분을 채워줄 수 있어야 합니다. 스탭은 그냥 역할일 뿐이죠. 자기 삶에서까지 스탭은 아닙니다. 내가 하는 일이 만족스럽지 않고 남들로부터 인정받지 못한다고 실망하거나 좌절할 필요는 없습니다. 우리 인생에서 그럴 시간도 많이 남아있지 않습니다. 움츠리지 말고 세상의 주인공이 되어 당당하게 자신을 스스로를 응원하며 힘차게 나아가시길 바랍니다.

응원단원으로 살아간다는 것은

개인의 많은 시간을 포기하는 것.

응원은 짧다.

마치 인생처럼...

그러니 아쉬움을 남기지 말자.

지시만 하지 말고 같이 뛰어라

하주형

91년 응원단장 / 무역업

고대 응원단에는 어떻게 들어가셨나요?

중학생 때인 1984년 12월에 형을 따라 장충체육관에서 열리는 고연전 응원단 단장 교체식을 보러 갔습니다. 그 광경은 한마디로 저에게는 충격이었죠. 응원단들의 모습도 그렇고 특히 단상에서 당당하게 관중들을 리드하는 단장의 모습이 정말 인상적이었습니다. 그때 그 장관이 아직도 눈앞에 어른거리고, 내 기억 속에 늘 선명하게 남아 있을 정도입니다. 아마도 그때부터였던 것 같아요. 나도 고대에 가야겠다. 가서 응원단에 들어가고 싶다는 생각을 한 것이… 고 3이 되면서 어떻게든 고대를 가기 위해서 예체능으로 학과를 바꾸었습니다. 그리고 당당하게 고대에 입학하고 응원단에 지원했죠. 어렸을 때부터의 꿈과 목표가 미래를 결정지었다고 할까요.

고대 응원단 생활은 어땠나요?

응원단에서 제가 맡은 역할은 훈련부장이었습니다. 제가 응원단 활동을 한 90학번 때가 과거의 그 어떤 응원단 훈련보다는 좀 더 강도가 높았을 겁니다. 앞으로 두 번의 정기전을 치러야 했으니까 1학년들에게는 어느 정도의 체력이 필요했습니다. 그래서 푸쉬업 1천 개, 앉았다 일어났다 1천 개 이런 식으로 매우 강도 있는 훈련이 진행되었습니다. 체육 전공자가 아닌 일반 학생들이 이런 운동을 감당해 내기는 쉽지 않았을 것입니다. 그리고 그렇게 운동을 시키는 입장에서도 문제가 많았을 겁니다. 응원이란 것 그 자체가 힘들잖아요. 그런데 훈련이라고는 하지만 그 사람에게 맞는 운동을 시키는 것이 아니라, 운동에 그 사람을 끼워 넣는 것이나 마찬가지였으니 얼마나 서로 힘들었을지 짐작하고도 남으실 겁니다.

고대응원단 활동을 하시면서 가장 기억에 남으시는 일이 있으시다면?

제가 2학년 때는 응원단에 88학번 선배들이 많았습니다. 흰 부츠에 레슬링 타이츠를 신고 겉옷으로는 한복으로 만든 단복을 입었죠. 1년 동안 선배들이 응원의 모든 과정을 전수해줘야 했기 때문에 배우면서 엄청 고생했던 기억이 납니다. 그래도 뱃노래에 맞춰 2만 명의 학생들이 한 동작으로 움직이는 모습을 보면서 저는 온몸에 전율을 느꼈습니다. 그런 광경을 처음으로 접한 제게는 정말 잊을 수 없는 강렬한 경험이었죠.

1991년 신촌에서 한 마지막 정기전 기억도 나네요. 형제갈비집 앞에 단상을 세워서 밤 8시까지 마지막 응원을 하기로 했는데 연대응원단이 오질 않더군요. 결국, 두 시간을 기다렸더니 그제야 나타났습니다. 알고 보니 신촌에 집결한 모든 학생이 빨간 깃발을 들고 있는 고대생들이었던 것이었습니다. 연대생들이 너무 없으니 미적대다가 마지못해 나왔던 것 같아요. 그만큼 고대생들은 응원에 열정적이었고 매사 적극적으로 참여하며 단합이 잘 되었던 것 같아요. 제가 고대응원단이라 다행이고 너무 행복했던 순간이 아니었나 싶습니다.

응원단의 경험이 사회생활에도 도움이 됐나요?

졸업 후에도 사내에 고대생, 연대생들이 있다 보니 내가 응원단 출신이라는 것을 숨길 수가 없었습니다. 고대와 연대 응원단장이 같은 회사에 다니는 일까지 있었습니다. 그러다 보니 무언가 나서서 해야 할 자리는 늘 그렇듯 자연스럽게 나가

앞에 서게 되더군요. 그래서 항상 언제 어디서든 사람들 앞에서 리딩할 수 있는 준비된 자세로 살아온 것 같습니다. 그리고 응원은 많은 사람이 함께 하는 것이라 원활하게, 성공적으로 진행되려면 각자의 자리에서 최선을 다해주는 많은 사람과의 화합이 중요하다는 것을 많이 느꼈습니다. 응원하는 과정에서 육체적으로도 정신적으로도 힘든 것을 반드시 버텨내야만 한다는 것을 배웠습니다. 20명으로 그 큰 행사들을 준비하고 완수해야 했으니까요. 해마다 발로 뛰어다니며 맨땅에 헤딩하면서 너무 힘들어서 나중에는 후배들을 위한 운영 매뉴얼을 만들었습니다. 이런 힘든 경험들이 사회생활을 하는 데 당연히 큰 도움이 되었죠. 무슨 일이든 맡겨지면 무조건 해낼 수 있었습니다. 어찌 보면 응원단 활동은 내 생존과 도전의 연습장과 같지 않았나 싶습니다. 지금 생각하면 응원단 활동을 한 건 제게는 행운이 아니었을까요.

앞으로 응원단을 하려는 후배들에게 해주고 싶은 말씀이 있으신가요?

응원단이 좋은 것은 지시만 하지 않고 같이 뛴다는 것입니다. 그래서 저도 그 방식을 따르게 됐어요. 개막식 때 사실상 체력이 고갈되기 때문에 그 후에는 악에 받쳐서 하는 부분도 있어요. 후회 없는 경험이 되고 싶다면 지시만 하지 말고 같이 뛰세요. 정기전이 길 것 같지만, 사실은 매우 짧답니다. 마치 인생처럼요. 그래서 아쉬움에 눈물 흘리는 사람들도 많았습니다. 여러분이 어떤 삶을 선택할지는 모르겠지만 거의 남은 평생 그렇게 신나게 뛰고 달려볼 일이 많지 않습니다. 응원단은 한번 해 볼 만한 평생의 좋은 경험입니다.

공황장애였던 내가 5천 명 군중 앞에 서다

조수연

80년 응원단장

(주)에프엠커뮤니케이션즈 대표

고대응원단에 입단한 지 벌써 42년의 세월이 흘렀군요. 세월이 정말 빠른 것 같습니다. 제가 고등학교 2학년 때 경주로 수학여행을 갔었는데, 오전 전체 집합시간에 늦어서 시범사례로 몽둥이를 맞았던 적이 있습니다. 아이스하키 선수 출신이었던 체육 선생님 몽둥이의 임팩트는 남달랐지요. 엉덩이에 피가 맺혀 마르면서 팬티가 살에 달라붙었으니까요. 저는 그날의 충격으로 공황장애와 같은 병에 걸렸습니다. 수없이 많은 병원에 다녀보았지만 원인을 알 수가 없다고 하더군요. 그 중에 한 의사 선생님이 대학에 들어가서 술 마시고 담배 피우고 놀면 건강이 회복될 것이라고 했습니다. 무슨 진단이 그러냐는 생각을 했지만 제발 제 병이 그렇게라도 나을 수 있었으면 좋겠다는 생각이 들었습니다.

그 후로 대학에 들어가기 위한 나 자신과의 싸움이 시작되었고, 치열한 고생 끝에 고3 담임선생님께서 "달걀로 바위 깨기다", "입학지원서 낭비다"라며 말리셨던 고려대학교에 당당히 입학했습니다. 아버님께서는 살아생전에 제가 태어난 날과 고려대학교에 합격한 날이 가장 행복하셨다고 합니다. (갑자기 아버님이 보고 싶어지네요)

대학 입학 후, 첫 경험이 응원 오리엔테이션이었습니다. 김순배 선배님이 당시 3학년 부단장이셨죠. 밴드부의 응원곡 연주소리와 김순배 선배님의 작은 체구에서 뿜어내는 폭발적인 응원 동작은 저에게는 신선한 충격이었습니다. 당시 그 선배님의 별명이 "털보 형"이었죠. 올백 머리에 구레나룻 수염은 남자들이 봐도 매력적이었습니다. 가슴이 쿵쾅쿵쾅 뛰기 시작했습니다.

김순배 선배님의 학창시절은 화려했지요. 학생들을 리딩하는 응원 폼과 카리스마가 월등하고 유머 감각이 뛰어났었어요. 고대、연대 통틀어서 최고 인기스타였습니다. 단실에서 정문까지 걸어오는데, 보통 2~3분밖에 안 걸리는데 선배님은 한 시간은 족히 걸렸었으니까요. 그만큼 인기도 좋았고 아는 사람도 많았기 때문입니다. 모든 사람에게 일일이 악수하고 다정하게 이야기를 나누는 모습을 보며 부럽기도 했습니다.

'털보 형이랑 사귀고 싶다'
'내성적인 내 성격을 바꾸고 싶다'
'이것이 의사 선생님이 말씀하시던 병을 낫게 하는 바로 그 방법이다'

이런 생각을 하면서 응원단실 문을 두들기게 되었지요. 담배는 잘 피우지 않았지만, 주머니에는 항상 지니고 다녔습니다. 선배들이 손가락을 V자로 내밀면 곧장 주머니에서 담배를 꺼내 손가락에 꽂고 불을 붙였지요. 청소를 위해 수돗가까지 대걸레를 들고 가는 초라한 모습을 여학생들에게 보인다는 게 처음에는 좀 부끄러웠지만, 어느 날부터는 대걸레를 어깨에 메고 당당히 걷고 있는 나를 발견했습니다. 소극적인 제 성격이 조금씩 적극적인 태도로 바뀌기 시작한거죠.

남들 앞에 서는 걸 그렇게 두려워했던 제가 정기전 날 5천명의 군중 앞에 당당하게 서게 되었습니다. 사람들 앞에 서는 걸 두려워하지 않는 선배들과 같이 생활하면서 저도 자신감이 생긴 겁니다.

정기전 끝나는 날 시가행진을 했는데, 시민들에게 박수를 받으며 걸었던 그때 그 순간의 프라이드는 지금도 잊지를 못합니다. 그리고 지친 몸을 이끌고 종로 <한일관>에 가서 불고기와 소주를 마셨지요. 술 한잔 하고 1학년 동기들과 껴안고 엄청 울었습니다. 왜 그렇게도 서러웠는지...

1977년도에는 현대그룹, 대우그룹, 이대, 숙대, 육해공군사관학교 등 체육대회가 유행이었습니다. 각 체육대회에서는 응원전을 펼쳤는데, 서로 1등을 하기 위해 "전쟁"이었어요. 응원의 전통과 실력을 갖춘 고대와 연대 응원단에 응원지도를 부탁하는 문의가 엄청나게 왔었습니다. 고대응원단이 맡은 팀과 연대응원단이 맡은 팀은 자존심 경쟁을 했어요. 일종의 번외 고연전이었습니다.

제가 1학년 때 응원단장은 몇 해 전 고인이 되신 권혁원 선배님이셨습니다. 1977년도 4월 초의 따뜻한 봄날, 이대생들이 응원지도를 부탁하러 응원단실을 찾아왔었습니다. 여학생들이 보는 앞에서 갑자기 하늘 같은 단장님께서 다리를 주물러 달라고 했던 일, 화장실에서 일보는 동안 심심하니 문밖에서 노래를 부르라고 하셔서 "장미빛 스카프"를 즐겁게 부르는데 지나가던 학생들이 나를 이상한 눈으로 쳐다봤던 코미디 같았던 아스라한 추억들이 생각나네요.

요즘 같은 시대에는 절대 있을 수 없는 일이지만, 저는 이런 기억들조차 좋은 경험이라고 생각했어요. 즐거운 마음으로 했으니까요. 이런 정신 덕분에(?) 1학년 2학기부터는 숙대 체육대회 때 식품공학과 응원지도를 저 혼자 단독으로 나가기도 했습니다. 응원단 생활이 이렇게 힘든 일들이 많았고 대부분 즐거운 마음으로 받아들였지만, 단 한 가지 "구타"만은 좋은 경험으로 받아들일 수 없었습니다.

2학년때, 어느 날 저녁 갑자기 선배 한 분이 응원단원들을 단실로 집합시켰습니다. 요즘 후배들이 군기가 빠졌다고 맞아야 한답니다. 하기야 2,500년 전의 공자님 글에도 '요즘 젊은 이들이 약하고 버릇이 없다'라고 쓰여 있다고 하니 선배님들이 볼 때는 우리도 나약해 보였을 겁니다. 하여튼 맞아야 할 이유도 모르면서 흠씬 맞긴 맞았는데 마음이 좋질 않았습니다. 그 이후로 그 선배님을 한동안 길에서 만나도 피해 다녔던 기억이 납니다. 그때도 그렇고 지금도 그렇고 구타는 정말 있어서는 안 된다고 생각합니다. 그 선배님은 저하고는 지금도 꾸준히 연락하며 서로 안부를 묻곤 하는 따뜻한 관계로 지내고 있습니다. 다만 최근에 몸이 좀 안 좋으시다고 하시네요. 빨리 완쾌되셔서 그때의 활기찬 모습을 다시 보여주셨으면 좋겠습니다.

2학년으로 올라가면서 후배들이 들어왔습니다. 이들에게 약한 모습을 보이면 안 되겠다는 생각에서 겨울방학 동안 혼자 학교에 나와서 응원연습을 했지요. 그 모습을 우연히 본 전 농악대장 출신인 곽충식 선배님이 응원단 선배님들에게 이 사실을 전하면서 저는 갑자기 단실 내에서 인기 있는 후배가 되었습니다. 그때 곽 선배님과의 인연으로 나중에 제 인생길이 크게 한 번 바뀌게 됩니다. 2학년 때 신입 단원 후배들에게 제가 이야기한 교육 내용은 '응원을 위해서 목숨을 걸어라' 였습니다. 지금 생각해도 말이 안 되는 이야기였지요. 아니 "미친놈"이었지요. 하지만 그만큼 순수했고 열정이 있었던 것 같아요. 그렇게 1학년 후배들과 인생을 논하면서 여행도 같이 가고 밤새도록 술도 마시며 즐겁게 응원단 생활을 했던 것 같아요.

2학년 선배로서 후배들에게 심어주고 싶은 것을 다음 3가지로 정리했었습니다.

1. 응원에 헌신
2. 공부하는 응원단
3. 구타 안 하는 선배

첫째 응원에 목숨을 걸 만큼 열정을 다하라는 교육을 했습니다. 저는 김순배 선배님으로부터 특별 개인지도를 받았었습니다. 선배님 집에 가서 밤새도록 응원의 세계사(응원은 원시 시대부터 시작되었다는 본인의 철학)와 응원의 중요성에 대한 이론적 강의를 들었고(거의 세뇌교육) 동작 훈련도 연습했지요. 저는 그러면서 나중에 이런 정신과 전통을 후배들에게 가르쳐 주어야겠다는 생각을 참 많이 했습니다. 매번 선배님 집에 갈 때마다 어머니로부터 학생이 공부는 안 하고 쓸데없이 응원만 한다고 엄청나게 야단맞았던 기억이 납니다.

둘째 공부하는 응원단이 되어야 한다. 공부하기 위해서 시험 기간 동안 1학년들과 단체로 도서관에 갔습니다. 저를 포함 총 5명이었죠. 새벽에 미리 도서관에 가서 자리를 잡고 함께 공부하기도 하고, 밤에는 다 같이 후배 집에 가서 공부하기도 했지요. 의도는 좋았지만, 결과는 완전 실패였습니다. 여학생 1명을 빼고 전원 학사경고를 받았으니까요. 만나면 응원 이야기 4시간하고 공부를 시작하려니 될 수가 없었던 겁니다. 저희끼리 회의를 해서 2학기 때부터는 차라리 각자 알아서 공부하는 것이 좋겠다는 결론을 냈습니다. 제가 공부를 강조해서 그런 건 아니겠지만, 그분들이 한라공조 대표이사, 의사, 회계사, 여행사 기업인으로 사회생활을 했다고 하니, 결과는 나쁘진 않은 것 같습니다.

셋째 구타 안 하는 선배가 되고자 후배들과 대화를 많이 나누었습니다. 그러던 중 한 선배님이 요즘 신입들이 기압이 빠진 것 같으니 저에게 몽둥이를 치라는 겁니다. 제겐 참 어려운 일이었지요. 물론 저로서도 후배들이 해이해졌다는 느낌은 받고 있었지만요. 적당히 넘기고 선배님에게 거짓말할 수도 없었지요. 저는 후배들에게 먼저 본인들이 무엇을 잘못했는지 물었습니다. 이해를 시켜놓고 몽둥이를 치겠다고 했지요. 그리고 술 한잔 하자고 말입니다. 우리는 그날도 그렇게 우정을 쌓았습니다. 이런 벌이 좋다는 건 절대 아닙니다. 폭력은 무조건 나쁜 것이니까요.

안암골 낭만에의 향수

이해일

물리학과 75학번

수필가

나는 이제 어딜 가더라도 대선배 소리를 듣는 엄청난 학번이다. 시간을 되돌려 1975년으로 가보자. 나는 당시 눈앞에 보이는 세상 모든 것이 신기한 갓 미성년 딱지를 뗀 거칠 것 없었던 19세의 미소년이었다. 호기심의 우물에 퐁당 빠진 그 소년이 맞닥뜨린 세상을 이겨내기에는 너무나 내성적이었고 그런 성격을 바꾸려면 응원단 활동을 하면 좋겠다고 고대 4학년이었던 작은 삼촌이 나를 응원단으로 이끌었다.

이렇게 나의 1학년 시절은 격정과 열정이 혼합된 민족 고대에서 질풍노도와 같이 시작되었다. 한 치의 양보 없이 치러지는 연대와의 시합과 정기전은 승부를 떠나 그냥 축제와 같았다.

시합 후 시내를 관통하는 스크럼 대열과 명동 땅바닥에 피어올랐던 응원의 열기는 입시준비로 힘겨웠던 중고등학교 6년의 세월을 충분히 보상받고도 남았다. 그리고 널빤지로 얼기설기 지어져 있던 수련관에서 좋은 선배와 친구들과 어울리는 술자리의 낭만은 선물처럼 내 인생을 새로운 세계로 인도해 주었다.

이렇게 1학년이 저물어갈 즈음에 문제가 생겼다. 여름방학이 지나고 학사경고장이 외출하고 없었던 나를 거치지도 않고 바로 아버지 손으로 전달되었다. 학사경고 2번이면 퇴학이라 바로 그날 아버지의 엄격한 지시에 따라 통금이 시작되었다. 미팅, 응원단, 여자친구 이 모든 것이 한순간에 내 화려했던 인생 저 멀리 사라져버렸다. 내게는 통학할 수 있는 교통비만 주어졌으며 모든 시간은 학점을 만회할 시험공부에만 집중되었다. 학사 경고 당사자는 절체절명의 위기이고, 겪어보지 않은 사람은 그 기분을 알 수가 없다. 퇴학당하고 다시 공부한다고 해서 고대에 재입학할 수 있다는 보장이 없기 때문이다.

이렇게 해서 학점은 취득했고 위기는 넘겼지만 대신 6개월

동안 나는 너무 많은 것을 잃었고 다시 그 행복했던 시간을 되찾을 수 없다는 상실감에 빠져들었다. 거친 풍파와 시련을 겪으면서 난 갑자기 소년에서 어른이 된 느낌이 들었다. 그러나 이제 겨우 20살 청년에게는 또 다른 할 일이 눈 앞에 너무 많았다. 그러면서 그렇게 응원단은 내 기억의 편린 속에서 점차 잊혀지는 듯 세월이 흘렀다.

지난 12월 3일 김포 교우회에서 응원단 활동을 하셨다는 64학번 윤배선 선배님을 만나 반가운 마음에 인사했더니 응원단 족보를 줄줄이 꿰고 계신 게 아닌가?. 그 자리에서 같은 동기였던, 지금은 캐나다에 거주하고 있는 김순배와 반가운 국제 통화가 이루어졌고 내년 초에 귀국하는 대로 수 십 년의 간극을 뛰어넘는 추억의 자리를 마련하기로 했다. 그럼 무려 40년만의 해후가 되는 셈이다.

겨울 찬바람이 대지에 몰아지는 12월 초순. 오랜만에 듣는 그리웠던 이름들이 나를 시간 여행으로 이끌어 주어 한동안 회상에 잠겼다. 인생은 미완의 기획이라고 한다. 과거에 의한 조건반사로 등장한 친구가 얼마나 변했을지 그리고 미완의 나를 채워줄 것 같은 이 느낌은 무엇일까?.

75년 당시 응원단에서 만난 친구가 있었다. 코리안스톤즈

보컬로 활동하던 그 친구는 '긴 머리 소녀'를 참 기가 막히게 잘 불렀다. 당시 75학번 멤버 중에서 유일하게 이 친구와 수십 년의 우정을 돈독하게 유지해오고 있었는데 10여 년 전에 이 친구가 간경화가 악화되면서 나를 버리고 먼 길을 떠나고 말았다. 금주하면서 철저하게 관리하고 열심히 살던 친구였는데 갑자기 부음을 접하고 보니 황망스러워 그동안 일이 잘 손에 안 잡힌다.

광명에 사는 그 친구는 평소 형님, 형님 하면서 따르던 이웃 사촌이 있었는데 단풍이 보고 싶어진 친구의 요청으로 그 형님 가족과 함께 지난 토요일 양쪽 집안이 아침 6시에 출발하기로 했단다. 근데 아침 5시부터 설사가 심해져서 여행은 보류하고 나하고 점심이나 같이 먹기로 했는데 갑자기 사망했다는 연락을 11시에 접했다. 그 친구는 한 달간 설사가 계속되어 몸이 반쪽이 된 데다가 극심한 우울증이 동반되어 가족들도 무척 힘들었다고 한다. 그러고 보니 마지막으로 보았던 그 친구의 피골이 상접했던 모습이 자꾸 떠올라 나는 내내 슬픔 속에서 헤어나오지 못했다.

친구의 어머니도 재작년인가 같은 병원에서 장례를 치렀고 유일한 형은 중국에서 사업을 하느라 평소에 소통이 없던 터라 영안실이 쓸쓸할 것 같아 그 다음 날도 찾아갔다. 오늘도

나는 친구의 마지막을 지키며 기도를 하면서 한 줌 재가 되는 망자의 허무함을 달래고 있다.

식권을 받아 들고 갈비탕으로 요기를 한다. 집사람은 자리를 잡고 앉아있으라 하고 음식을 받으려고 하는데 옆에서 지키고 있던 교회 사람이 한 순간 기분을 얹잖게 한다.

"혼자 오셨습니까?"

"식권이 두 개입니다."

"그럼 같이 오셔야 합니다."

"저기 자리 잡고 앉아 있는데요."

"두 분이 드시는 거 맞지요?"

화장터까지 따라왔으면 대단히 절친한 관계이다. 게다가 이 산꼭대기까지 와서 공짜 밥을 먹을 사람이 어디 있는가 말이다. 한 사람이 두 그릇 먹으면 또 어떠랴. 친구의 작은 체구 때문인지 2시간 30분으로 예상되는 화장 시간이 너무 빨리 끝나버렸다. 작은 창으로 유골을 수습하는 과정이 보인다. 사위가 영정을 들고 맨 앞에 서고 그 뒤로 가족이 따르는데 미혼인 28살 막내딸의 측은한 모습에 차마 발길이 떨어지질 않는다.

"아빠를 대신해서 가장 노릇도 하고
　엄마를 잘 모셔야 겠구나."

이렇게 다독거리고는,

"잘.. 가.. 게.."

친구에게는 할 말이 이것밖에 없다. 공허한 하늘을 올려다 보니 푸른색 아래 단풍이 점점이 퍼지고 있다. 집으로 돌아오면서 내내 생각한다. 살아있는 것과 죽은 것의 차이는 대체 무엇일까?. 죽음에 대한 철학이 빈곤하니 답을 구할 수가 없다.

그러나 한가지 알 수 있는 건 우리에게는 사랑하기 위해 그리 많은 시간이 남지 않았다는 것이다. 술친구 하나 잃은 것보다 서러운 것은 나를 알아주는 지기지우를 잃어서이다.

이 친구와 인연의 바탕에는 우리들의 청춘과 함께 한 응원단이 있었다.

"친구여, 안녕.. 그리고 또 안녕.."

초등학교 때부터 난 고대응원단

이용창

88년 부단장
삼성생명 재직 중

저는 어린 시절부터 운동을 굉장히 좋아했습니다. 장래 희망으로 운동선수도 되고 싶고, 스포츠 기자가 되고 싶기도 했어요. 그래서 그런지 어린 시절부터 고연전에 관심을 가졌어요. 70년대 중반 장발, 통기타, 청바지 등 소위 대학문화라는 동경과 함께 고연전은 제게 너무나도 환상적인 이벤트였죠.

하여간 저는 초등학교 때부터 삼촌과 이모의 손을 잡고 동대문운동장에 고연전을 보러 다녔어요. 그중에서 아이스하키는 제 로망이기도 했죠. 학력고사 직후 진학 면담 때 담임선생님이 서울대 어문계열, 고대나 연대 상위권 학과 중에서 선택해 보라고 하셨을 때 저는 미련없이 고대를 선택했습니다. 그리고 그 선택은 정말 잘한 것이라고 늘 생각하며 살았습니다.

드디어 고대 입학식 날이 되었습니다. 저는 그 날 바로 응원단실의 문을 열었어요. 마음이 정말 급해지더라고요. 신입생 응원오리엔테이션이 아직도 기억나네요. 당시 응원단장(82학번 안해진)의 카리스마와 아우라는 정말 환상적이었죠. 앞으로 펼쳐질 저의 응원단생활이 너무 기대되었습니다.

재밌는 것은 그날 저 외에 또 한 명의 응원단 지원자가 있었는데 그 친구가 바로 이상목(87학번)이었지요. 응원단 환영식날 옆방에서 "쇼쇼쇼"를 하던 상목이가 어제의 일처럼 생생하게 생각이 납니다.

노래 제목은 '젠틀맨'.

"나이키 신고 다니는 니만 잘났냐.
고무신 신고 다니는 나도 잘났다"

아직도 신나게 부르던 상목이의 노랫소리가 귓가를 맴도는 것 같아요. 지금 다시 그 시절로 돌아가고 싶네요. 다시 응원단이 된다면 후회 없이 더 열정적으로 살아보고 싶습니다. 저는 아직도 고대응원단을 정말 사랑합니다.

응원단원은 훈련으로 빚어지고 땀으로 완성되는 것

최승용

87년 부단장

삼성전기㈜ 연구원으로 재직 중

"응원단" 하면 경기장에서 관중의 흥을 돋우는 치어리더를 떠올리지 않을까요? 사람들에게 "고려대학교 응원단원은 어떤 사람들일까요?" 라고 막연하게 묻는다면 아마도 이런 모습을 떠올릴 것 같습니다. 대중들 앞에서 자신의 끼를 발산하지 못하면 병이 날 것 같은 특성을 지니고 있는 사람들.

이런 상상은 반은 맞고 반은 틀립니다. 고교 때부터 응원을 리드하며, 고대 응원단을 목표로 학업을 준비하고, 고대응원단을 찾아가 응원단원의 조건을 문의하는 광적인 열성파도 있습니다. 반면 응원의 'ㅇ'자도 관심 없고, 남 앞에 서는 것도 어려웠는데 이런 성향을 바꾸고 싶어 도전한 경우도 있습니다. 이렇게 응원단에는 내성적, 외향적 성격의 소유자들이 다양하게 모여 있었습니다. 이들 모두가 응원 오리엔테이션을 거치고 나면 꿈틀대는 끼와 본능을 발산하면서 열정에 사로잡혀 자연스럽게 도전이라는 것을 하게 되는 것 같습니다.

고대는 신입생 오리엔테이션 중 응원 오리엔테이션을 별도로 진행하고 있습니다. 80년대는 3일간, 최근에는 서울캠퍼스, 세종캠퍼스 그리고 연대와의 합동 응원전까지 총 3일간 진행하고 있습니다. 이때 응원 단복을 입고 응원 단상에 서 있는 응원단원들의 모습은 신선한 충격일 수 있습니다. 나도 내 맘속에 내재된 끼를 응원단을 통해 발산해볼까 하는 용기도 한번 가져보게도 됩니다. 어쨌든 무대 혹은 단상 체질이라기 보다는 응원단원으로서의 주어진 책무에 열성을 갖고 열심히 동작 훈련, 체력 훈련을 하면서 제대로 된 응원단원이 되어 가는 것입니다. 한마디로,

"응원단원의 모습은 훈련으로 빚어지고 땀으로
완성되는 것이다."
물론 Born cheer leader 같은 분도 있습니다만.

응원단원으로 성공하기 위한 조건은 무엇일까요? 단원은

고연전 혹은 정기전에 개인의 일을 이유로 행사에 빠질 수 있는 성격이 아니므로 공사를 잘 구분하고 응원단 활동과 학업을 원활히 병행하기 위해 강한 자제력, 시간관념 및 자기 콘트롤을 할 수 있는 의지가 필요합니다. 비정기 고연전에서는 수십 명에서 수 백 명, 정기고연전에서는 수 만 명의 학생들을 이끌게 됩니다. 이러한 상황에 잘 적응하고, 단상과 스탠드 사이의 먼 간격에도 학우들과 소통하고 응원을 리드하는 능력이 중요합니다. 그 많은 학우를 보며 아이 컨텍을 하고 의미 있는 손짓과 몸짓을 보여줄 수 있는 소통능력이 필요합니다.

응원 동작을 소화하기 위해서는 음악적인 리듬감과 운동신경을 갖추고, 몸치는 아니어야 합니다. 그런데 가끔 보면 저런 음치가 있을까?, 저런 몸치가 있을까? 하는 그런 분도 있었습니다. 훈련의 결과로 극복한 경우가 되겠습니다만 동급생과 호흡을 맞추는 데는 더 많은 노력이 필요했습니다.

신체적인 측면은 당연히 크고 날씬한 사람들이 우선적으로 선호됩니다. 하지만 단신인 경우도 많이 있고, 신체적인 단점을 자신만의 응원 동작으로 발전시켜 단점을 커버하는 경우도 있습니다. 가령, 단상 위에서 동일 지점에서 동작을 하는 것보다, 상하좌우로 더 활발히 움직이며 공간을 넓게 쓰거나, 동작 중간에 한 번 더 추임새를 주어 학우들이 더 쉽게 따라

할 수 있도록 배려하는 등의 노력을 기울이기도 합니다. 물론 굽 높은 부츠는 덤입니다.

조직력이 필요한 단체이고, 합숙 및 합동 훈련이 빈번하게 이루어지므로 동료 및 선후배와의 매끄러운 인간관계 기술은 필수적입니다.

경기 내 수 시간 동안 응원 동작을 소화하여야 하므로 기본적인 체력은 필수입니다. 정기전을 준비할 때는 동작 훈련을 매일 2~3시간 진행하게 되는데 기본적으로 30~40분의 러닝, 인터벌 훈련 등으로 기본 체력 훈련부터 시작합니다. 거의 매일 입에서 단내가 나거나 구토가 나올 정도로 훈련 강도가 강합니다. 정기전 2일째는 거의 6시간을 응원전을 펼치게 됩니다. 그렇게 강도 높은 훈련을 소화하여도 정기전 끝날 즈음에는 팔조차 들기 어려울 정도까지 체력이 고갈되기 때문에 체력 훈련은 기본일 수밖에 없습니다.

응원곡 선정은 매년 가을의 정기전을 대비하여 여름 방학 훈련 기간에 집중적으로 이루어집니다. 응원곡은 가요부터 클래식, 샹송 및 칸초네까지 전 영역의 곡을 대상으로 조사하고, 응원에 맞는지 살펴보고, 필요하면 편집과 개사를 진행합니다. 그리고 곡이 선정되면 이에 맞는 동작을 만들기 위해 긴

밤을 지새우며 머리를 맞대고 고민을 합니다. 이를 소화할 음악성, 창의성 등은 필수적인 요소라 하겠습니다.

주변 응원단원들에게 어떻게 응원단에 지원하게 되었는지, 어떤 사람들이 응원단이 될 수 있는지 질문해 보았습니다.

최권태 (78)

글쎄 지금도 그게 참 아리송한데 당시 극예술연구회와 응원단 두 곳 중의 한 곳을 선택하고 싶었는데 어쩌다 보니 응원단을 선택했고 그 당시 나는 뭔가 남에게 나를 나타내고 싶어 미친 상태였던 것 같다.

응원단의 피가 끓었으니 자기 발로 걸어 들어갔고 그저 그곳에서 품어져 나온 마법 같은 공기에 휩싸여 학업을 뒤로하고 서클룸에서 살았겠지.

응원은 서로를 격려하여 혼자서는 할 수 없는 것들을 같이 성취해내고 호응을 끌어내어 고통을 즐거움으로, 실패를 멋진 성공으로 이루어 그 기쁨을 서로 나누는 장으로 만드는 매력적인 실천 행동이라고 생각한다. 고대 응원단에서 우리는 교우들의 열정을 노래와 동작으로 끌어내어 운동선수들을 격려하고 나아가 응원 퍼포먼스로 교우와 하나가 되어 서로를 응원하는 놀라운 시너지를 만들어 나갔다. 응원단원은 그 후 사회에 나와 주위의 어려운 사람을 응원하고 조직에서 시너지를 만들어가는 사람으로 성장한다. 이것이 응원단 입단의 초심과 삶이 딱 맞아떨어지지 않나 싶다.

합창부는 노래로, 오케스트라는 악기로 사람을 행복하게 해준다면, 응원단은 사람을 응원해 주고 나를 응원하며 그렇게 유쾌한 자세로 세상을 살아간다면 그게 바로 멋진 응원단원이 아닐까. 고대정신과 고대응원의 초심이 우리를 통해 씨앗같이 사회에 멋지게 뿌리내리기 바라며…

정호교 (79)

입학 후 오리엔테이션 때 응원단이 너무 궁금했는데 그것이 지원으로 연결되었다. 내 성격은 내성적이지만 때에 따라 외향적으로도 변한다. 약간 신명도 있어서 술은 약하지만, 음주·가무를 즐기기도 한다. 입학 전 77년 고2 겨울방학 때 과외 선생님과 아이스하키 고연전을 보러 갔는데, 동대문 실내 빙상장이 터져 나갈 듯한 함성과 열기에 엄청나게 놀랐었다.

응원단원은 신체조건이 좋으면 유리하고, 창의적 사고와

인내력도 약간 필요하다고 생각한다. 시대와 상황이 변해도 응원단의 본질적 가치는 변하지 않는다. 즉 응원 리더로서 자존감은 반드시 고수해야 한다. 리더로서 남을 이끌기 위해서는 반드시 남다름이 필요하다. 그러니 신곡을 만들어 내는 창의력, 말과 동작으로 학생들의 반응을 끌어내는 추동력 그리고 체력 등을 기르기 위한 노력을 하면 좋겠다. 이는 응원단 활동 후 사회생활에도 큰 도움이 된다고 생각한다.

홍제국 (87)

나는 신입생 응원 오리엔테이션을 할 때 단상에 선 단장, 부단장들(85학번 선배님들)의 모습에 반했고 나도 한번 응원을 선도해 보고 싶어 지원했다. 특히 보조 마이크(당시 주선태 형)를 담당하던 응원단원이 너무 웃겨서 한번 응원단 선배님들과 어울려보면 즐겁겠다는 생각도 지원동기가 되었다.

나는 평소 내성적인 성격이라서 남 앞에 주도적으로 나서지는 않지만, 일단 많은 나설 기회가 주어지면, 그 무대에서 최선을 다하려는 노력형 인간인 듯하다. 내가 생각하는 응원 단원의 최적 조건은 다음과 같은 4가지이다.

첫째, 학업과 응원단 활동을 병행할 수 있는 강한 의지력이 있어야 한다.

둘째, 신체적으로 응원 동작을 잘 소화할 수 있는 강인하고, 유연하고, 심미적인 체격을 가져야 한다.

셋째, 학생들 앞에서 자기 의사를 자신 있게, 재미있게, 정확하게, 전달할 수 있는 소통능력이 있어야 한다.

넷째, 단체 활동에서 선후배들과 서로 의견 충돌 시 상대방을 존중할 줄 알아야 한다.

지면 관계상 모든 분의 의견을 다 싣지는 못하고, 개인 의견 주셨던 안해진(82), 이해성(84), 김회봉(87), 오규백(94), 박현아(05) 분에게 감사드립니다.

Chapter 2

호랑이는 굶주려도 풀을 먹지 않는다

아마추어 정신이란 바로 이런 것.

고대 응원단은

어느 순간 갑자기 태어난 것이 아니라

신념과 열정을 가진 학생들에 의해서 만들어진 것.

고대응원단의 역사적 시작은 어떠했을까?

김홍훈 (정치외교학과 59학번)

임익용 (정치외교학과 59학번)

김흥일 (국어국문학과 60학번)

손옥백 (정치외교학과 61학번)

오영석 (경제학과 64학번)

김순배 (체육교육학과 75학번)

고대 응원단의 뿌리를 살펴보면 '아마추어 정신'이라는 것에 근간을 두고 있는 것 같습니다. 고대응원단의 아마추어 정신이란 어떤 것일까요?

손옥백 : 고대응원단이라는 게 처음부터 '응원단'이라는 이름을 걸고 나온 게 아니었습니다. 처음에는 입실렌티라는 말 자체의 기원에 대해서도 저는 잘 몰랐습니다. 그저 '응원'이라는 게 좋았을 뿐이죠. 따라서 전문적인 능력을 갖춘 사람들이 중심이 될 수가 없었죠.

김흥일 : 저만 해도 그랬습니다. 대학교 3학년 때 고대와 연대의 축구대회 결승전이 생각납니다. 1962년도에 응원단장을 하게 됐는데 2년간 끊겼던 대를 잇게 된 것이었습니다. 여기엔 그럴만한 역사적 이유가 있습니다. 대표적으로 6.25가 있었고 그 이후에 벌어진 많은 사건이 있었죠.

임익용 : 그렇습니다. 1949년에 고연전이 열리고 6.25가 발발했습니다. 10년이 지난 1959년에 비로소 고연전이 다시 시작될 수 있었던 겁니다. 10년 만에 하다 보니 급조된 응원단일 수 밖에 없었죠. 경제과 응원단장 포함 총 6명 인원이 전부였어요. 그 후에 4.18 시위와 4.19 혁명이 발발했습니다. 이때부터 학생운동이 본격화됐고, 응원단에 제대로 관여할 수가 없었어요.

김홍훈 : 저는 휘문고에서 야구를 하다가 1959년도 고대 정외과에 입학해서 유도를 했는데 당시 정경대 학장이면서 고대 야구부 윤천주 감독님이 호출을 해서 다시 야구선수로 활약했었습니다. 3학년 가을에 친구들의 권유로 1961년과 1962년 응원단장을 했습니다. 그전 보성고 출신 김한준 응원단장 시절에는 응원이 3,3,7박수 정도였지 그렇게 활성화되질 못했죠. 당시에 응원단장복을 만들기 위해 을지로를 누비며 삼총사라는 영화에 나오는 검투사의 블라우스와 홀대 바지와 고깔모자

를 구해 입고 응원을 했습니다. 4학년 때 야구장에서 응원할 때 연대가 너무 아우성이 심해 제가 호기를 부리느라 연대 단상에 올라가서 조용히 하라고 소리를 치자 연대 석이 조용해진 적도 있었습니다. 지금 생각해도 아찔한 순간이 아니었나 싶습니다. 만용이었죠. 그 당시에는 고연전이 끝나면 이긴 팀은 종로로 시가행진을 하고, 진 팀은 을지로로 갔습니다. 그 당시 고대는 항상 종로로 시가행진을 했지요.

그러면 60년대 초반에 응원가는 어떻게 했나요?

손옥백 : 응원가는 있었지만 촌스러워서 거의 안불렀어요.

김흥일 : 말씀해주신 대로 응원가는 있었지만, 때에 따라 유행가를 마음대로 개사하는 정도였습니다. 당시 시대는 연대 전공과목으로 '가정'이 있었고 여학생들이 치마저고리를 입고 대학을 다니던 시대였습니다. 최신 유행이 트위스트였죠. 그 와중에 더 고루했던 고대는 트위스트를 못하게 했어요. 그런 시대였으니 응원에 대한 어떤 틀이 있을 리가 없었죠.

손옥백 : 응원 자체가 체계적이지 못하고 행사도 주기적이지 못한 관계로 응원단 다섯 명은 뿔뿔이 흩어지게 되어버렸

어요. 그나마 근근히 이어지던 고대응원단의 역사가 끊겨버리게 된 셈이었습니다. 어쩔 수 없이 육군사관학교 등에서 응원 관련 자료를 수집해서 응원의 기초를 만들었습니다. 연대 응원단이 잘하다 보니 고대생으로서 질 수는 없었습니다.

김흥일 : 음악만 해도 그래요. 연대는 음악과가 있었지만, 고대에는 그런 학과가 없었어요. '아마추어리즘'일 수밖에 없었죠. 당장 악기를 연주하기 힘드니 박수 응원을 만든 것도 그런 이유가 한몫했습니다. 응원 도구도 빌려서 만들고 돌려주거나 자비로 마련해야 했습니다. 하지만 1962년도 축구 응원은 정말 잘 됐어요. 응원에 대한 교내 학생들의 큰 갈증이 있었던 게 가장 큰 요인이었죠. 체육과 학생들도 나와서 지원했습니다. 학교에서 체육참가 점수를 주기도 했어요. 어떻게든 참여를 끌어내려니 반강제적이었던 겁니다.

오영석 : 복학하면서 알게 된 응원단의 수준이 연대보다 너무 떨어져서 쇼크를 받았을 정도였습니다. 저는 미팅하면 사회도 곧잘 했을 정도였기 때문에 교수님들의 권유에 못 이겨 응원을 하게 됐습니다. 연대는 황만길 단장이 있었기에 1인 쇼로는 힘들 거로 생각했습니다. 게다가 제가 경제학과 학생이다 보니 돈 없이 뭔가를 한다는 게 말이 안 된다고 생각했어요. 단장을 하는 조건으로 학생처장님과 협상을 했죠. 학생회

비 일부에서 응원 행사 비용을 지원받기로 했습니다.

손옥백 : 응원 경쟁이 붙으면서 양교의 관심사가 고연전으로 모이게 됐습니다. 보통 싸움이 아니었어요. 싸움이 나서 치아가 부러지는 일도 벌어졌을 정도였습니다. 서로 충돌이 심하게 빚어지다 보니 용단을 내려야 했죠. 현승종 처장이 연대 응원단장을 고대로 불러서 양쪽이 번갈아가면서 주관학교를 정하기로 했습니다. 고연전, 연고전으로 번갈아가면서 응원전을 개최하는 지금의 전통이 이때 정해졌습니다. 응원단이 돌아가면서 좋은 위치를 점하는 것도 이때 정해졌고요. 특히 그때는 종로를 차지하는 게 중요했습니다.

경기 끝나고 을지로와 종로 퍼레이드를 하기 위해서 말입니다. 여담이지만 당시 제가 수염을 길러서 별명이 '카스트로'였습니다. 그래서 마치 카스트로처럼 다른 사람이 뭐라고 하든 크게 신경 쓰지 않았고, 어떻게든 고대의 전통과 관련이 있는 방향으로 응원가를 만들고 싶었어요. 그래서 노트에 적어가면서 응원가를 만들기도 했는데 그중 하나가 "승리호"였습니다. 연대응원단을 이기고 싶었거든요. 응원을 좀 더 발전시킬 방법을 늘 연구했어요. 학교의 보조랄게 거의 없었으니 그런 건 기대도 안 했습니다. 플래카드 하나도 간신히 지원받았어요. 숙명여대를 찾아가서 도움을 청하기도 했지만 역시 큰 도움이 되지 않았어요. 그래서 소문을 듣고 응원을 잘하는 사람을 찾아다녔죠. 이명희 씨를 찾아가서 "태평양 박수"라는 응원 동작을 전수 받기도 했습니다. 인터넷이 있던 시대도 아니었으니 뭐 하나를 배우려면 무조건 사람을 찾아가야 했던 겁니다.

오영석 : 박수 하나, 동작 하나를 놓고 상대방이 먼저 레퍼토리를 터트리려고 신경전을 벌였죠. 서로 경쟁심이 강해서 상대가 한 것은 하지 않으려 했거든요.

김흥일 : 행사를 하면 고대 역도부가 항상 길을 여는 주축을 맡았습니다. 그만큼 몸싸움도 치열했어요.

김순배 : 역대 가장 기억에 남는 시가행진은 1981년도 정기전입니다. 매년 정보기관의 감시가 심한 시기였습니다. 고대는 고대출신 군인들의 도움으로 협상을 통해 최소한의 충돌로 서울운동장부터 종로, 명동 행사까지 모든 일정을 충분히 소화한 성공적인 시가행진의 사례로 남았고, 반대로 연대는 을지로 시가행진 중 마지막 마무리를 짓지 못하고 중간에 와해되었습니다.

당시에 저는 현역 해병대 중위로 고대 졸업생 중 가장 선임 장교였습니다. 정기전 마지막 날 마이크를 잡고 고대 재학생과 졸업생 중에서 현역 군인들은 단상 앞으로 집합하라고 하고 모인 인력들로 부대를 재편하여 재학생들을 위해 시가행진을 평화롭고 성공적으로 치러질 수 있도록 작전을 전개하였습니다. 그런데 종로2가 파고다공원 앞에서 경찰 병력이 총집결해서 시가행진을 무력화시킬 분위기였습니다. 저는 경찰책임자를 만나서 우선 나를 신뢰하고 빠른 시간에 명동에 진입해서 예술의 극장 앞에서 마무리 응원을 하고 해산시키자고 했습니다.

그런데 이번에는 명동 입구 중앙극장 앞에 무술 경관 500여 명이 사복 차림으로 기다리고 있어서 여기서도 책임자를 만나 협상했습니다. 그때 명동파출소로 오라는 전갈을 받고 가보니 유리창은 모두 깨지고 아수라장이 되어 있었습니다. 여기서도 1시간 후 마무리하겠다고 약속하여 1981년 정기전을 마칠 수 있었습니다. 그렇지만 부대 복귀 후 보안대로 끌려다니거나 여기에 관여된 장교들이 100대씩 맞았다고 하니 성공적인 시가행진 후 후유증이 큰 사건이 아니었나 싶습니다.

임익용 : 고대와 연대 응원전이란 건 거슬러 올라가면 게이오와 와세다 대학의 경쟁 구도와 비슷했다고 봅니다. 라이벌 대학 간의 응원 경쟁이 이렇게 오랜 시간 동안 하나의 문화가 되어 자리 잡게 되는 과정 속에는 개인적, 역사적 흐름이 함께 했던 겁니다.

오영석 : 제 생각엔 고연전이 역사적 맥락과 궤를 같이하다 보니 '민족 고대'라는 이름에 너무 매달려서 응원 자체가 좀 촌스럽기도 했던 것도 사실입니다. 연대를 어떻게든 이겨보려고 했는데 사실 잘 안됐죠.

임익용 : 그래서 그때와 지금의 응원을 비교했을 때 가장 아쉬운 점이 하나 있다면, 응원단장의 역할은 줄어들고 프로그램의 일부로 따라가는 추세가 아쉽습니다. 고대응원단이 아마추어 정신을 잃지 않았으면 합니다. 아마추어 정신이란 '어설프게, 대충하는 것'이 아닙니다. 돈이나 명예가 아니라 순수하게 '좋아서 하는 사람'이 아마추어입니다. 이런 경험은 젊을 때가 아니라면 하기 힘든 경험이죠.

오영석 : 아마추어 정신이란 이런 것 아닐까요. 고대 응원가에 '호랑이는 굶주려도 풀을 먹지 않는다'는 가사가 있습니다. 가장 마음에 드는 가사라고 생각합니다. 고대응원단은 어느 순간 갑자기 태어난 것이 아니라 신념과 열정을 가진 학생들에 의해서 만들어진 것입니다. 도구를 만들고 단복을 만들어가면서 제대로 된 응원의 모습을 만든 거죠. 이런 결과가 가능했던 이유는 열정 때문입니다. 그리고 열정을 통해 신념이 만들어진 것이죠. 근래에는 '열정 페이'니 뭐니 해서 그 마음을 악용하려는 자들이 있다 보니 이 단어를 쓰는 것 자체가 꺼

림칙해졌다는 게 안타깝습니다. 그럼에도 부디 후배들이 좋은 의미의 열정을 잃지 않았으면 합니다.

1956년, 대한체육회 제명

7년 뒤, 고대와 연대의 축구 경기의 성사

5개월간의 치열한 응원준비가

나를 성장시켰다.

글만 쓰던 나, 5개월 만에 고연전 준비하다

서병준

국어국문학과 63학번
서예문화연구원 회장

고대 입학 전에는 어떤 학생이셨나요?

저는 어설픈 문학 소년이었지요. 교내 백일장에서 쓴 시가 작문교과서에 실렸던 적이 있었을 정도로 어학이나 국문학 쪽에 관심이 많았습니다. 그래서 국어국문학과에 입학했죠.

고대응원단을 시작했을 때의 이야기를 들려주세요.

1956년도 무렵에 연대와 아이스하키 경기를 하던 중에 싸움이 났던 적이 있어요. 고대 학생들이 본부석을 다 때려 부쉈다고 해요. 그 일로 인해 고대가 대한체육회에서 쫓겨나는 일이 벌어졌습니다. 제가 63학번인데 4.19, 5.16이 지나 사회가 어느 정도 안정되자 징계가 풀리게 되었고 연대와의 경기가 다시 성사되었죠. 그때가 5월이었는데, 당장 가을 대학연맹전에서 고연전 축구를 한다고 하니 응원을 해야 했던 겁니다. 그래서 당시 총학생회장(유재호)는 응원단원을 공개 모집하는 한편 응원을 이끌어줄 응원단장, 리더를 찾아야 했습니다. 당시 서울의 고교에서는 양정과 배재의 럭비경기, 경동고가 중심이 된 야구가 큰 인기였고 이들 고교 응원이 수준급이어서 당시 양정 출신으로 응원 경력이 있었던 김홍일 선배가 단장으로 뽑혔어요.

5개월 만에 준비를 마쳐야 하는 행사치고는 규모가 작은 게 결코 아니었어요. 응원을 이끌 분야별 리더와 기수단, 농악단, 밴드 그리고 방송 인력도 필요했고, 총괄 기획 업무 인력도 필요했지요. 특히 학교에서 경기장인 서울운동장(동대문)까지 행진에 필요한 퍼레이드 계획이 압권이었는데 당시로써는 보기 드물게 승마와 사이드카 에스코트까지 동원되었어요. 물론 이런 계획에는 총학생회 임원과 신문사가 아이디어뱅크였어요. 여학생 수가 적어 대부분 남자로 구성됐고요.

일단 행사 준비만 하는데도 시간이 촉박해서 걱정이 컸습니다. 아이디어 중 하나가 호랑이 가장행렬이었는데 제가 뽑힌거죠. 호랑이 탈을 만들어 나는 앞다리를 하고 친구 류광수가 뒷다리를 했어요.

호랑이 춤은 예전에 해보셨나요?

그럴 리가 있나요. 당시 돈화문 근처에서 탈춤을 하시던 분을 찾아갔어요. 탈춤무형문화재셨던 분인데 취지를 잘 설명드렸더니 감사하게도 호랑이 탈을 만들어 주시고 직접 걷는 법도 하나하나 가르쳐 주셨지요. 그런데 퍼레이드에 호랑이만 돌아 다니는 게 좀 초라해 보일 것 같아서 농대 장강일이라는 친구하고 같이 한양영화사에 가서 고릴라 탈을 빌려와 길을 안내하는 역할을 맡겼습니다. 그런데 호랑이보다 더 인기가 좋았습니다.

그 당시 고연전은 어떤 모습이었나요?

간단히 말하면 고전과 모던의 싸움이었어요. 그런데 사실 고전적이라고는 하지만 우리 쪽 응원이 좀 고루했던 게 사실이었죠. 대신에 농악부를 활용할 수 있다는 게 큰 장점이었지요. 선배들이 1학년인 저한테 연대가 지금 얼마나 준비하고 있는지 보고 오라고 해서 신촌으로 파견되어 스파이 노릇을 하기도 했어요.

경기에 앞서 행진이 있었는데 우리는 고대 정문을 출발해서 동대문으로 갔고, 연대는 시민회관(현 세종문화회관)을 출발해 종로로 행진했어요. 기마 부대와 사이드카 호위를 받으며 응원단과 밴드, 농악대가 앞장서고 응원단장과 박수 리더 기구단과 학생회 임원들이 단과대학별로 깃발을 들고 행진을 해서 서울운동장에 단체로 입성했습니다.

그때 서울운동장에는 변변한 스탠드가 없었어요. 아마도 5~6단 정도의 스탠드가 응원석의 전부였을 겁니다. 그래서 누가 출구 위치를 선점하느냐가 중요한 싸움이었어요. 경기가 끝난 뒤에 종로를 누가 먹느냐가 경쟁이었거든요. 종로로 나간 팀이 무교동을 점령하고, 을지로로 나가면 명동을 차지하기로 묵시적 약속이 있었습니다. 그런데 한 잔씩 걸친 후에는 시청 앞으로 모여 서로 이겼다고 입실렌티와 아카라카를 외치곤 했어요.

싸움이 목적이었나 싶을 정도로 경기가 끝나고 응원을 마친 후에도 패싸움이 벌어져 양교 관계자들과 간부들이 통금 무렵까지 관내 경찰서를 돌며 뒷수습에 진땀을 흘리기도 했어요. 여담이지만 당시 서울운동장 책임자가 김성집(역도 메달리스트) 선배님이셔서 응원단상 설치와 응원석 마련에 많은 도움을 받았다고 들었어요.

불리한 상황에도 응원을 계속하고 싶으셨던 건가요?

1963년 가을 고연전을 치르고 난 후 학교 측에서 좀 더 제대로 해야 한다는 공감대가 조성되었던 것 같아요. 체육부를 맡고 계셨던 선병기, 김오중, 박승규 선생님이 중심이 되어 응원요원, 기수단 관리와 치어리더 지도에 앞장서 주셨어요. 응원단 행정 등의 관리는 학생과에서 맡았는데 당시 담당이셨던 김민희 선생은 나중에 모 그룹의 광고회사 사장을 하셨던 거로 기억합니다. 그런데 응원단 관리라는 게 물건만 가리키는 것이 아니잖아요? 사람도 관리해야 했는데 이게 가장 문제였지요. 2학년 때부터는 연대하고 응원 경쟁을 할 일이 생기면 언제나 나갈 준비를 하고 있어야 했으니까요. 근데 응원단원이 권광세와 나 정도 남아 있었을 거예요. 그만큼 전혀 체계적이지 않았던 거지요.

1964년도에는 그렇게 큰 행사가 없이 지나가고 1965년도에 5개 종목의 정기전이 시작되었는데 이때가 문제였어요. 그

때 연대 응원단장이 황만길이었거든요. 이 사람은 <잠바 Q>라는 영화에도 출연했던 영화배우인데 지금으로 따지면 유재석 정도의 유명세가 있던 사람이었지요. 그가 나왔다 하면 우리 쪽 응원이 되질 않았어요. 그래서 스타 위주의 연대에 맞서기 위해서 고대는 조직으로 경쟁해야겠다는 준비를 시작했어요.

조직을 구성하려면 사람이 필요한데 어떤 방식으로 사람을 모으셨나요?

총학생회가 신문사 협조를 받아서 경비실 앞에 모집공고를 붙여놓고 응원단원이 될 만한 자질이 있는 사람들을 모으고 응원 아이디어를 취합하게 되었어요. 그런데 당시 정치적 분위기가 학생들이 모이는 것을 엄청 꺼려했어요. 그래서 어떻게든 애국적인 분위기로 포장을 해야 했습니다. 그래서 당시 맹호부대 군가를 개사해서 '맹호대학'이라는 응원가를 경비실에 틀어놓는 식으로 보여주기도 했어요. 이렇게 정기 고연전 응원을 위한 기획팀이 꾸려졌는데 요샛말로 하자면 분야별 PD 역할을 맡았어요.

응원과 응원 기획을 동시에 하신 건가요?

내가 키가 크지 못해서 남들 앞에 나서도 눈에 잘 안 띄었어요. 그래서 말 그대로 PD 역할에 충실하게 심부름을 했지요. 단장에 추천된 여러 명 가운데 ROTC 출신 김풍일(62학번. 재미) 선배가 낙점되었는데 자이안트황 만큼은 아니었지만, 이분도 재주가 있어서 잘했어요. '신나는 박수'라는 별명으로 불렸던 문학진 선배도 많은 활약을 보였어요. 특히 응원단원은 아니었지만 이명희 선배가 연습현장에 나타나서 보연전에서 쓰던 43박수의 일부를 떼어내서 만든 '태평양 박수'라는 것을 선보여서 호응을 끌어내기도 했습니다. 60년대 초 응원단장이었던 김한중 선배도 연습 때 오셔서 격려해 주시기도 했지요.

우리가 4학년 때인 1966년 이종준이 단장으로 정기전을 치렀지요. 기수부 등은 권광세, 농악반은 김철한, 방송반은 신현구, 밴드부는 박물관에 근무하시던 윤세영 선배가 맡아 주셨고 응원복 디자인 아이디어는 박물관의 이(?) 선생님이 조언해 주셨어요. 단장복은 스페인 투우사의 복식과 여자리더는 후라맹고 무희복으로 정하고 신설동에 있던 '라사라 복장학원'에 제작을 의뢰했지요. 그리고 우리는 노래와 구호 박수, 농악출전 시기 등 시나리오를 만들어 나갔습니다.

응원단 생활을 하시면서 가장 기억에 남으시는 일이 있으시다면 어떤 것인가요?

다들 아는 뽀빠이 이상용이었지요. 이상용이 얼마나 괴짜였느냐면 신입생으로 입학해서 사람들한테 명함을 돌릴 정도였어요. 육체미 사진이 박힌 명함을 돌리면서 자기가 당시 유명했던 영양제 모델을 '할 거'라고 자랑하고 다녔어요. 하고 있었던 게 아니라, 할 거라고... 미래에... 그 정도로 괴짜였어요. 응원단에 들어와서는 레슬링 박수, 천자문 등으로 인기를 끌기도 했어요.

여담이지만 1967년 우리가 ROTC 소위로 임관해 입영했을 때 전투교육사령부에서 축구 경기를 했어요. 내가 보병학교 응원단장이었는데 이상용은 기갑 학교, 포병은 장배현(후에 2성장군)이 응원단장으로 나와 모두 고대응원을 따라 했었어요.

키움증권

" 좋은 리더란 무엇인가?"

" 어떻게 좋은 시스템을 만들 것인가?"

응원은 진정한 리더가 지녀야 할 자질을

성장시키기 위해 노력하는 과정이다.

오감의 신바람을… 하나 되는 가치에 기여하라

조병선

1986년도 응원단장

칭다오 한신의료관리유한공사 고문

고대응원단에 들어오게 된 계기는 무엇인가요?

저는 초등학생 때부터 주변에서 고대와 연대에 대한 이야기를 많이 들으면서 자랐습니다. 근데 저는 이상하게 연대보다는 고대에 더 끌리더라고요. 축구선수 차범근에 대한 제 어릴 적부터의 동경도 한몫하지 않았을까요. 게다가 TV에서 고연전에 관한 이야기를 듣다 보면, 차범근이 소속된 고대와 연대에 대한 소개가 자주 나왔습니다. '서구적인 교풍의 연대'와 '민족적인 교풍의 고대' 라는 아나운서의 설명을 듣고 있자면 막연하지만 어린 마음에는 '민족 고대' 라는 말이 마음에 와 닿으면서 고대를 조금씩 좋아 하는 마음이 자리 잡게 된 것 같습니다.

그 당시 고연전은 고등학생들이 수업을 땡땡이치고 보러 갈 만큼 전국민적으로 인기가 많은 행사였습니다. 최고의 스타들이 나와서 경쟁하는 스포츠 이벤트. 그리고 그 행사의 또 다른 주인공은 단연 응원단이었습니다. 이러한 모습이 초중고를 다니면서 지켜봤던 저로서는 고대에 들어가고 싶었고, 만약 들어가게 된다면 당연히 응원단에 들어가고 싶다는 생각을 많이 하게 되었습니다. 이렇게 어렸을 때부터 "고대응원단"이라는 소중한 꿈을 갖게 된 것이죠

응원단에 들어가신 뒤에 어떻게 활동을 하셨고 무엇을 느끼셨나요?

선망의 대상이었던 응원단 활동을 한 건 다른 사람들과 비슷할 겁니다. 다만 개인적으로 중요하게 여겼던 가치가 있었습니다. 고연전을 이끄는 응원단의 조직으로서 "좋은 리더란 무엇인가?", "어떻게 좋은 시스템을 만들 것인가?"에 대한 고민을 많이 하면서 살았던 것 같습니다. 지금은 어떨지 모르겠지만, 당시 응원단은 일단 훈련이 힘들고 단식생활의 기강이 그 어떤 단체보다 세서 견뎌내기가 쉽지 않았습니다. 그러니 여느 대학생들이 누리는 삶을 우리는 살지 못했을 만큼 자신의 모든 시간과 노력을 투자해야 했습니다.

학교 안팎에서 절대적인 관심의 대상이던 행사의 또 다른 무대인 응원단상에 서기 위해서는 엄청나게 힘든 과정을 견뎌내어야 자격이 주어지는 구조였습니다. 그 힘든 과정은 일종의 도제시스템과 비슷했다고나 할까요? 화려한 무대에 서기 위해 거쳐야 할 단계가 무척 고된 과정을 견디도록 설계가 되어 있었던거죠. 하지만 제가 재학했던 시기는 고연전이 온 국민의 관심의 중심에 있던 70년대의 최정점에 맞도록 짜였던 응원단시스템이 변화되는 시대와 부딪히는 갈등의 시기였습니다.

80년대 들어서 대한민국 역사의 변곡점이었던 광주민주화운동이 있었습니다. 그 운동을 기점으로 독재정권은 국민의 관심을 돌리기 위한 수단으로 스포츠를 프로화시키며 우민화 정책을 폈습니다. 학생운동권은 광주의 아픔이라는 강력한 동력을 엄청난 에너지로 분출시켜 민주화운동에 매진하던 시기였죠. 반면 상대적으로 고연전의 위상은 격하되던 변화의 시절이었습니다. 화려했던 70년대를 보고 응원단에 들어온 사람들에게는 지켜야 할 것은 너무 많고 얻어지는 것은 부족하다고 느낄 수 있던 시기였습니다.

주변의 환경은 변하여도 고연전과 응원단이 고대에 주는 가치와 영향력은 변하지 않습니다. 하지만 그 시대의 응원단 구성원들에게는 정말 견디기 쉽지 않은 생활이었습니다. 저는 응원단

생활을 대학원, 군 복무 등을 포함해서 1983년부터 1993년까지 10년을 했습니다. 그러다 보니 기억에 남는 일들이 참 많네요.

고대의 교풍에 맞게 응원단복의 한복화 작업을 했던 일('85년~'86년), 학내의 고연전 자료를 발굴하여 <고연전 사진전>을 열었던 일('85년) 그리고 동영상 상연회 ('86년)를 했고, <3분스피치>와 같은 리더쉽을 기를 수 있는 다양한 프로그램을 만들기도 했습니다. 기존의 브라스밴드 중심에서 앰프 중심으로 바뀌던 시기여서 전자밴드로의 전환작업('91년~'92년)도 생각납니다. 그리고 행사를 좀 더 효율적으로 운영하기 위해 응원단의 모든 행사에 대한 매뉴얼 작업('90년~'92년)도 했죠. 그러고 보니 그 많은 일을 어떻게 했을까 싶습니다.

그만큼 그때는 열정적이었고 어떻게든 방법을 찾아보려고 애쓰며 살았던 흔적들이 아니었을까요. 당시 이 모든 우리들의 작업들이 고대응원단이 추구해왔던 학교의 가치를 올리는 일이었고, 모두 하나 되게 하자는 응원단의 목표에 맞는 일이었습니다. 우리들 스스로도 응원단 활동을 통해 진정한 리더가 지녀야 할 자질을 성장시키기 위해 노력하는 과정이었습니다.

고대에서 응원이란 무엇인가요?

고대 응원은 방법론적으로는 전 세계적으로 인정받을 만한 발전된 형태의 응원을 구사한다고 생각합니다. 세계적으로도 유례가 없을 정도로 단합이 잘되는 고대인의 문화에 가장 큰 매개체의 역할을 한다고 볼 수 있습니다. 방법론적인 위상은 요즘 미디어를 통해 접하는 세계 여러 곳의 응원을 관심 있게 지켜보면 바로 알 수 있습니다. 가장 발달한 형식의 응원문화를 완성한 고대 응원은 보고, 듣고, 외치고, 노래하고, 역동적으로 움직이며 인간의 오감을 가장 강력하게 표현합니다. 경기가 아닌 응원을 즐기고 싶어서 오기도 할 정도이죠. 세계 최고의 스포츠현장인 영국 프리미어리그나 미국의 메이저리그 그리고 비슷한 대학라이벌전인 일본의 게이오 와세다 교류전 등을 보아도 우리의 응원 같은 역동성과 다양성의 끝판왕은 없다고 생각합니다.

인간이 지구를 대표하게 된 가장 큰 원동력은 함께 목표를 추구하는 위대한 습성이 아닐까 싶습니다. 자타가 공인하는 고려대 구성원의 단결력을 물리적으로 강하게 느끼게 해주는 것이 고연전과 고대응원단의 응원입니다. 고대응원단은 인간이 표현 가능한 가장 큰 힘을 끌어내어 응원에 담아내려고 노력합니다. 인간의 위대한 성과를 만든 단합하는 힘을 가장 잘 실현하는 조직문화에 가장 크게 기여한다고 생각합니다. 응원에서 더 이상이 있을까요?

고대응원과 스스로에게 하고 싶은 말은 무엇일까요?

고대응원단원은 대중을 직접 선도하는 경험을 가집니다. 내 말 한마디에 내 동작 하나하나에 사람들을 움직이게 합니다. 인간이 지구를 대표하게 만든 가치인 단합하는 힘을 만드는 기획을 직접 해봅니다. 어느 리더가 학창시절에 2만 명을 직접 지휘하고 그 정신에 의미를 부여하는 작업을 기획하는 경험을 해 볼 수 있을까요?

<1박 2일>이라는 TV 프로그램을 보면서 응원단 합숙훈련이 생각났습니다. 시시덕거리면서 센스를 발산하던 겨울합숙소의 뜨끈한 방구석 수다들, K-pop 아이돌 육성시스템을 보면서 우리가 했던 정기고연전 기획을 생각해봅니다. 응원곡을 만들기 위해 KBS, MBC 방송국 음반실에 틀어박혀 선곡하던 시간들, 선곡한 곡에 동작을 붙이는 작업들, 완성된 노래와 동작을 함께 연습하며 아이돌의 칼군무처럼 틀을 맞추던 연습들... 올림픽 개·폐막식 행사처럼 하프타임 퍼포먼스, 기수단 운영, 사전 응원 오리엔테이션 등 정기고연전의 여러 행사를 기획하고 제작하고...

고대 구성원의 애교심과 하나 됨을 고취시키기 위해 행했던

수많은 아이디어회의와 기획들. 세상에서 찾아볼 수 없는 최강의 리더쉽과 기획의 힘을 배울 수 있는 곳이 바로 응원단입니다.

후배들에게 이야기하고 싶습니다. "당당하게 자신의 역할에 자부심을 느끼고 귀한 경험을 발판으로 자신의 삶에 진정한 리더가 되시기 바랍니다. 인생은 성공하기도 하고 실패하기도 하지만, 스스로의 삶을 리더로서의 길로 가는 것은 성패의 가치와는 다른 차원의 최상의 가치입니다.

스스로의 길을 리더답게 가겠지만 동시대를 나눴던 응원단 구성원과 함께 가시기 바랍니다. 리더들끼리 단합하면 얼마나 큰 성과가 날까요? 1929년 보성전문학교의 이름으로 이 땅에서 스포츠 활동을 시작한 지난 90년 동안 추구하며 이루어냈던 고려대학교의 힘이기도 합니다. 자신의 노력으로 큰 의미를 부여했는데 스스로는 보상하지 못하는 누를 범하면 안 되겠지요.

리더의 가치를 지니고 살아가는 삶은 언제나 희망차고 행복합니다. 내가 진정으로 가치를 두고 노력했던 11년간의 고대응원단 생활을 통해 얻은 귀중한 선물입니다."

저는 다시 태어나서 또 기회가 온다면 순간의 주저함 없이 고려대학교 응원단 생활을 선택할 것입니다. 고려대학교와 고연전 그리고 응원단을 정말 사랑합니다.

응원단을 하면 책임감이 점점 강해진다.

뭔가 보상이 없어도 상관없다.

그 시기가 되고 그 위치가 되면

다 그렇게 되는 거다..

신디사이저의 시작, 앰프로 이기다

정재익

92년 응원단장
교보생명 재직 중

어떻게 고대응원단에 들어가게 되었나요?

저는 성격이 내성적이었어요. 학창시절에 반장이나 리더를 해본 적도 없었죠. 중학교 2학년 때, 친구 아버지가 공군 중령이셨는데, 그 친구를 따라서 동대문운동장에서 있었던 3군 사관학교 체육대회를 본 적이 있었어요. 사관생도들의 화려한 응원을 보고 정말 멋지다는 생각을 했었어요. 고대에 입학하고 3월 말경 응원단 신입 모집 포스터를 보고 그 기억이 떠올라 신입 단원 모집 마지막 날 지원을 했죠.

4일간 '데블캠프'라는 입단테스트를 받았어요. '악마의 캠프'. 처음엔 무슨 의미인지 몰랐지만 시작하자마자 금세 깨달았습니다. 저녁 6시부터 9시까지 3시간 동안 운동장을 돌며 체력 테스트와 정신력 테스트를 하더군요. 첫날은 너무 힘들어서 중간에 포기하고 집에 돌아와 버렸어요. 다음 날 아침에 눈을 떴는데 온몸에 근육이 뭉치고 아파서 도저히 일어날 수가 없더군요. 그대로 누워서 곰곰이 어제의 일들을 생각해 보았어요. 갑자기 나 자신에게 부끄럽다는 생각이 들었습니다. 여기서 그만두면 안될 것 같았습니다. 벌떡 일어나 주섬주섬 다시 체육복을 챙겨 들고 응원단실로 갔어요. 둘째 날 이를 악물고 참고 견디면서 세 시간을 버텼어요. 힘은 들었지만 어제보다는 견딜만 했습니다. 그렇게 마지막까지 끝내고 나니 뭔가 해냈다는 마음속 깊은 곳에서부터 자부심이 생겨나더군요. 그렇게 1987년 응원단과의 첫 인연이 시작되었습니다.

무더운 여름 한 철을 힘겨운 체력훈련과 응원연습으로 보내고 드디어 1학년 정기전을 치렀어요. 그때는 사이드 단상에서 배운 대로 움직이는 응원 기계에 불과했죠. 정신없이 정기전을 치르고 나니까 비로소 진정한 응원단원이 된 느낌이었어요. 여름 내내 훈련을 하고 나니 몸무게가 4~5킬로가 빠지더군요. 깡마른 몸에 까맣게 그을린 얼굴. 되돌아 보면, 제 인생에서 그때가 가장 건강한 시기였다는 생각이 드네요.

응원단 생활을 통해 어떤 것을 배웠나요?

저는 응원단에서 리더의 역량을 키울 수 있었던 것 같아요. 언어와 몸짓, 표정 등 제가 활용할 수 있는 모든 수단을 동원해서 전체를 하나로 만드는 리더의 역량. 시시각각 변하는 상황에 대처해서 리더로서 어떻게 해야 하는지를 응원단생활을 통해 배우게 되었지요. 응원단원이 되면 학년이 올라가면서 책임감이 점점 강해져요. 누구나 특별한 보상이 없어도 고대응원을 위해, 고대응원단을 위해 헌신하고 희생하게 됩니다. 시간이 흐르고 학년이 올라가면 다 그렇게 되는 것 같아요.

응원단에서는 1학년 때부터 분위기를 돋우는 것도 배워요. 술자리에서도 경기장을 오가는 버스 안에서도 상황에 맞는 분위기를 만들지요. 응원하러 경기장에 갈 때는 싸움터에 나가는 병사들처럼 분위기를 끌어올리면서 가야 해요. 큰 목소리로 응원곡이나 유행가를 부르면서 갑니다. 분위기가 가라앉으면 안 되니까요.

응원단장이 되고 나서 어려운 점은 없었나요?

90년대 초반에는 학생운동이 약해지고 학생들의 개인주의 성향이 강해지는 시기였어요. 학교나 총학생회의 지원이 줄어드는 시기라 응원단 운영자금을 확보하는 것이 중요한 과제였어요. 교우들이 회사 대표로 있는 기업체를 방문해서 스폰서를 받기도 했습니다. 내부적으로는 응원단원을 확보하는 문제도 해결해야 했어요. 제가 단장을 맡았던 1992년에는 2학년과 3학년이 한 명도 없이 응원단을 운영했어요. 적은 인원으로 정기전 등 중요한 행사들을 치러야 했으니까요. 기획진들이 고생을 많이 했지요. 응원단장을 도와서 애써 준 당시 기획진들에 대해 지금도 감사한 마음을 가지고 있습니다.

총학생회와의 관계는 많이 개선되었어요. 총학생회장과 기획국장이 모두 같은 과 후배들이어서 총학생회와의 업무에서는 크게 어려운 일은 없었어요.

1992년 정기고연전에서 기억에 남은 일이 있나요?

정기전 첫날, 농구장에서 앰프가 터져버린 일이 있었어요. 용량이 부족한 상태에서 과부하로 결국 앰프가 나가는 바람에 응원하는 데 큰 어려움을 겪었어요. 밤에 긴급회의를 해서 <한국특수음향>이라는 국내 최대의 앰프 업체에 의뢰했어요. 그래서 둘째 날 잠실 주경기장에서는 연대보다 두 배 용량의 앰프를 사용했어요. 정기전에서 앰프로 처음으로 연대를 한번 이겨봤네요. 지옥과 천당을 오갔던 정기전이었습니다.

처음으로 취주악부의 브라스밴드가 아닌 신디사이저를 활용한 전자음악 밴드로 정기전을 치른 해였습니다. 응원음악이 획기적으로 바뀌게 된 계기였지요. 이후 지금까지 전자음악으로 응원하고 있는데, 오랜 시간이 흐르면서 응원음악의 분위기가 많이 변화된 것도 사실입니다.

상황에 따라 각자의 응원의 의미는 다르다.

극한 상황에서는 내가 변하지 않을 수 없다.

지고 있을 때 하는 것이 진짜 응원이다

이성훈

95년 응원단장 / 유통사업

어떻게 응원단을 하시게 되셨나요?

1학년 때 장길황 선배(82학번)가 학과실로에 찾아와 우리과 응원단 후배 한 명이 있었으면 좋겠다고 했다는 이야기를 듣고 제가 자원을 했는데, 응원단에서 제가 지원해서 실망했다는 소문을 들었어요. 체격 좋은 친구들이 들어오길 내심 바랐던거 같아요. 저는 키가 작은 신체적 콤플렉스가 있었습니다. 저에게 응원단은 어울리지 않을거란 생각을 했어요. 그래도 용기를 내어 선배에게 응원단 사무실 전화번호를 물어서 추가 입단을 하게 됐습니다. 나중에 들어갔기 때문에 먼저 들어갔던 친구들이 나를 시기하기도 했어요. 늦게 들어간 만큼 그걸 보충하고자 남들보다 더 열심히 했습니다. 정작 먼저 들어간 사람들은 여러 가지 이유를 들어 먼저 응원단을 그만뒀습니다.

저는 특출나지는 않았지만 원래 스포츠를 좋아했습니다. 고대 응원은 신입생 응원 OT를 통해 처음 접했죠. 그때는 그저 멋있다는 생각만 했을 뿐이었고 곧바로 지원했던 것도 아니었어요. 그런데 1995년도부터 7년간이나 단장을 했습니다. 정기전은 다섯 번을 했죠. 응원단원 중 처음이자 마지막이 아닐까 싶어요. 운동부들과 친했고, 운동숙소가 제집인 것처럼 살았습니다.

응원단 생활을 하면서 남 앞에 서는 게 두렵지는 않았나요?

당연히 처음에 남 앞에 서는 게 자연스럽지 않았죠. 원래는 술도 약했고 정형화된 멘트도 잘 못했어요. 게다가 처음에는 키가 작아서 단원들과 어깨동무하는 것도 꺼렸을 정도였어요. 굽도 일부러 높은 것을 신었습니다. 하지만 남 앞에 서는 일이 많아지면서 성격이 많이 바뀌었습니다. 2학년 때 경기장을 배정받을 때, 아이스하키장에서 4시간이나 혼자 응원을 감당하기도 했어요. MC의 역할은 불리하던 불리하지 않던 행사를 이끌고 가야할 책임이 있다보니 할 수 밖에 없었어요. 그래도

2학년에게 한 경기장 응원을 맡긴다는 것이 그 당시로써는 드문 일이라 저로서는 큰 영광이었어요. 사람이 그런 극한의 상황에 놓이게 되면 성격이 바뀔 수밖에 없는 것 같습니다.

개인적 콤플렉스 외에 응원단 생활을 하면서 힘들었던 것은 저의 보수적인 성격이었습니다. 응원단은 선배들로부터 이어진 것들을 지키기 위해 훈련 강도가 강했습니다. 저도 그 영향을 받아 응원단원들을 그런 방식으로 가르치려고 했습니다. 지금 되돌아보면 그럴 필요까지는 없지 않았나 싶습니다. 좀 더 오픈마인드였다면 하는 후회가 드네요. 그 후, 늦게나마 그걸 반성했고, 고쳐나가려 했습니다. 2003년도에 만들어진 <민족의 아리아>는 당시에는 제가 고지식해서 사람들이 '왜 저런 걸 좋아할까?' 하고 생각했는데, 지금은 재학생들이 가장 좋아하는 응원곡이라고 하더군요.

응원단을 하면서 가장 기억에 남으시는 게 있으시다면?

크게 두 가지 인 것 같아요. 첫째는 단복입니다. 앙드레김 선생님이 디자인한 걸 물려 입었는데 이 단복을 제 체형에 새로 맞추어 입었어요. 제 몸에 맞춘 거라서 다른 응원단 동기들이 '네 단복은 아무도 못 입는다'고 농담을 하기도 했죠. 당시

대학생 중에 이런 호사를 누려본 사람은 많지 않을 겁니다.

두 번째는 농구대잔치입니다. 당시 농구경기는 인기가 엄청났습니다. 팬도 많았고요. 연대에는 여성팬인 '오빠 부대'가 유명했죠. 반면에 고대는 주로 남성팬이 많았습니다. 그러다가 한번 싸움이 났던 적이 있어요. 1995년에 농구경기에서 고대가 연대를 이겼는데, 연대 여학생 중 한 명이 버스를 타러 가는 고대응원단을 향해 음료수를 던졌습니다. 그래서 고대 여성 팬들과 연대 '오빠 부대' 간에 큰 싸움이 난 겁니다. 당연히 인원이 적어 연대에 밀렸지만 지지는 않았어요. 그때 우리가 고대의 얼굴이라는 것에 대해 큰 책임감을 느꼈습니다.

고대가 '민족 고대'라는 별칭이 있는 만큼 당시 고대응원단에게도 사회적 책임을 강조하는 분위기가 있었던 것 같습니다. 특히 80년대 고대응원단은 운동권과의 대립이 많았습니다. 1983년도 정기전은 80년 광주 민주화 투쟁의 여파로 양교 협의하에 이뤄지지 않았습니다.

1996년도에도 정기전이 취소된 적이 있죠. <연대 학내 운동권 사건>이었습니다. 연대 캠퍼스 내에 경찰들이 몰려들어왔고 학생들이 이에 저항하던 중에 3개 동에 불이 났습니다. 이외에도 90년 3당 합당, 1991년도 강경대 열사 사망 등으로 교내에서 축제에 대한 회의론이 지배적이었습니다. 결국, 1991년도 입실렌티는 취소하기로 결정했죠. 가장 최근인 2014년 세월호 참사가 벌어졌을 때는 매우 조심스럽게 행사를 치르기도 했습니다. 이는 응원단과 축제가 항상 왼발과 오른발처럼 같이 움직이기 때문에 벌어지는 일이기도 합니다. 하지만 '응원'이 곧 '축제 응원'과 동의어인 것은 아닙니다. 누군가를 응원한다는 것은 축제와 상관없이 항상 필요한 것이라 생각합니다.

멀리 갈 것도 없이 제 경우가 바로 그랬습니다. 사실 저는 사회에서는 응원단 경력을 숨기고 싶었습니다. 사람들의 편견 때문이었죠. 응원단 출신이라는 이유 하나만으로 하고 싶지도 않은 각종 사회를 보고 행사를 떠맡아야 하는 게 여간 곤욕이 아니었습니다. 하지만 운 좋게도 제 곁에는 응원단 선배가 있었고 함께 스포츠 마케팅을 계속할 수 있었습니다. 호응회 부총무직도 10년간 했죠. 이러한 주변의 응원이 없었다면 저 역시 절대로 응원단이든 응원이든 어떤 것도 하지 못했을 겁니다.

진정한 응원의 의미는 어떤 것일까요?

이길 때 응원하는 건 누구나 합니다. 지고 있을 때, 힘들 때 응원하는 것이 제대로 된 응원입니다.

모든 역사는 한 자리에 머무르지 않고

정반합의 법칙을 거치면서 변화해 간다.

고대응원단의 역사도 다르지 않다.

오늘의 선택으로
너희의 미래가 바뀐다

이상목

88년 부단장

화이트우드엔터프라이즈 대표

응원단에서 활동하면서 언제가 가장 기억에 남나요?

1992년이에요. 응원단 역사상 정기전에서 복학생들이 부단장으로 활동한 유일한 해였으니까요. 90년대 초에 'X세대'라는 신조어가 생기며 개인주의 성향이 강해져서 힘든 단체 활동을 하지 않으려던 시기였죠. 다른 동아리들도 마찬가지고요. 이런 소수 정예로 90년대초에 정말 많은 변화가 있었는데 정기전과 축제로 나뉘어서 말씀드리면, 정기전에서의 변화는 크게 음악과 단상이라고 할 수 있습니다.

그동안 고대응원의 음악은 취주악부가 맡아서 했습니다. 음대가 없는 고대에서 음악동아리는 정말 순수한 취미생활을 하는 학우들로 구성되었지요. 그래서 1, 2학년은 거의 정기전을 소화하기가 힘들었고 고학년과 복학생들이 주도하다 보니 인원이 많이 부족했죠. 정기전 첫 째날은 3군데(야구, 농구, 빙구)로 나뉘어서 연주를 하다 보니 경기 후반이 되면 입술이 바짝 말라 악기를 불 수 없을 지경에 이르고 드럼만 나오는 일이 비일비재했지요.

그렇기에 일반 학우들 입장에서 볼때 음향이 연대에 비해 형편없고 질적으로도 떨어진다는 여론이 지배적이었고요. 그러면 고대는 단체로 밀어붙이고 함성으로 연대를 이겨야 한다는 고대문화로 응기 응변을 했죠. 그러던 차에 1988년에 숙대 작곡과 5명과 응원단 87학번 동기 5명이 미팅을 했는데 숙대 친구들의 도움으로 음악에 대해 조금씩 눈을 뜨기 시작하면서 연대와 같은 그룹사운드를 결성하고 싶다는 생각을 했습니다. 그러나 현실적으로는 단원을 모을 방법이 없어 1989년에는 숙대 친구 혼자서 야구장에서 신디사이저로 응원곡을 연주하게 되었어요.

그런데 문제는 모든 응원곡의 악보는 취주악부가 가지고 있어서 청음으로만 응원곡 악보를 만드는 것이 불가능했죠. 그러다 동기 한 명의 노력으로 악보를 확보할 수 있었고, 드디어 1992년 정기전은 취주악부와 결별하고 컴퓨터 음악으로 모든 경기를 치르게 되었습니다. 그 후 1993년부터 밴드를 만들어서 정기전에 임한 것이 지금의 음악부로 발전한 것이지요.

1992년 취주악부 집행부와 응원단 집행부가 최종 모임을 하면서 취주악부 85학번 선배가 한 말이 지금도 귓가에 울립니다.

"우리가 연주를 잘 못 하는 것은 부인할 수 없다. 그러나 고대문화를 이끄는 응원에서 투박하고 선이 굵은 우리의 음악에서 그룹사운드로 바뀌면 지금 당장은 모르겠지만 10년, 20년이 지나면 문화가 바뀔 것이다."

지금의 양교의 음악 스타일이 각자의 개성보다는 세련미를 추구하는 경향으로 흐르면서 비슷해졌다는 것이 예전과 지금의 차이라고 볼 수 있죠.

단상에 대한 변화도 있었습니다. 기존에는 3부분으로 나누어진 올림픽 단상을 사용했었는데 이것이 낡으면서 다시 제작해야 할 시점에 인원이 부족해서 급기야 3명이 단상 하나를 채우지도 못할 지경에 이르러 통짜로 된 일자형 단상을 제작했고 현재는 T자형 단상으로 발전하게 되었습니다. 단상의 변화가 왜 중요하냐면 올림픽 단상은 3명이 올라가서 응원하기에 2~3곡을 하고 나서 로테이션해주지 않으면 거의 실신할 정도로 힘든 것이 고대응원이고 반면 연대는 단장을 포함하여 거의 10여 명이 올라가는 응원이기에 양교의 응원 형식이 완전히 달랐죠. 이것 또한 양교가 비교될 수 있는 모습이었어요. 우리는 선이 굵고 간결하고 힘이 실려 있다면 연대는 화려하고 큰 동작을 하는 것이 특징이죠.

축제에 대한 변화는 어떠했을까요? 80년대 응원단은 총학과 학생운동을 빼놓고는 얘기를 할 수 없던 시기죠. 80년대 초까지 입실렌티 페스티발은 축제 형식으로 진행되다가 군사정권 시절에는 중단을 했죠. 그러다가 1988년 부활하여 축제가 아닌 입실렌티 지야의 함성으로 바뀌었죠. 행사 당일 만반의 준비를 마치고, 관중들이 대운동장을 가득 채우고 막 시작하려고 하는데 전 총학생회의 주관으로 100여 명이 스크럼을 짜고 “우리의 적, 입실렌티를 박살 내자”는 구호를 외치며 운동장 주변을 돌다가 행사장으로 난입하여 준비한 행사를 진행할 수가 없었죠.

그 당시 초대가수가 송창식과 조덕배 씨였는데 조덕배 씨는 학교까지 방문했다가 돌아가야 했어요. 축제 기간이 끝나고 중도관 앞에 누군가 ‘우리의 적은 입실렌티인가?’ 라는 대자보를 붙였습니다. 학생들이 다양한 대학문화를 경험해 보지도 못하게 행사를 방해한 것을 비판하고 응원단에 대한 동정심이 가득한 글이었습니다. 그 대자보에 달린 댓글들은 응원단을 옹호하는 쪽으로 흘러가는 것을 보면서 우리는 내년에는 꼭 할 수 있을 거라고 기대를 하게 되었었죠.

1989년에는 총학생회가 욕을 많이 먹은 상황이라 막을 수 있는 명분이 없어 조건부로 대운동장은 안 되고 노천극장에서 행사를 하면 허락을 하겠다고 나왔어요. 행사 당일 끝도 없이 노천극장으로 학우들의 행렬이 이어졌습니다. 그런데 그때 초대손님이 변진섭 씨였는데 느닷없이 대중가수라서 행사장에서 노래를 부르게 할 수 없다고 막아섰습니다. 지금으로써는 이해도 안 되고 웃을 이야기지만 그 시절에는 그랬어요. 그래서 변집섭 씨는 무대에 한번 서보지도 못하고 대기실에서 응원단 친구들이 부탁하여 몇 곡 불러준 기억이 납니다. 그때 변진섭 씨 인기는 정말 대단했지요.

1990년에는 총학생회에서 행사 프로그램을 반씩 나누어 해야 한다고 우겼습니다. 마침내 농대 노래패가 나오고 출연가수도 총학생회에서 섭외한 정태춘 씨가 마지막을 장식했습니다. 그렇게 농악대가 주동이 되고, 민중가요로 선동하면서 행사장은 싸움터로 변했습니다. 1991년도에는 강경대 열사 추모로 취소되고, 1992년도에는 고대 총학생회가 NL에서 PD

로 바뀌면서 학내 행사에 대해 좀 더 유연한 태도를 보이면서 지금의 지야의 함성이 만들어지는 발판이 되었습니다.

끝으로 1992년은 예산 확보가 관건인 해였습니다. 동기가 단장인 데다 예산이 늘 부족하여 제가 허구한 날 돈 벌 궁리를 했죠. 지금은 정기전이나 축제가 되면 주변 상가에서 자발적으로 현수막을 내걸지만, 그때는 교우회로부터 교우회 선배들 명단을 받아서 일일이 전화로 취지와 사정을 설명해 드리고 계좌로 입금을 받아서 업체에 제작 의뢰하고, 직접 돈을 구하기 위해 노력도 많이했습니다. 처음에는 돈을 벌기 위한 목적이 더 컸는데 지금은 하나의 이벤트로 발전하여 가슴 한편으론 뿌듯하기도 합니다.

이런 그 시절의 변화를 이야기하는 것은 극소수의 응원단이 만들어간 많은 결실이 고통을 수반한 일들이지만 보람과 추억이 되어 하나의 아름다운 수필처럼 마음에 남았기 때문입니다.

지금 고대응원단의 모습에 대해서는 어떻게 생각하시나요?

저는 나쁘지 않다고 생각합니다. 시대가 흐르면서 모든 것은 변하니까요. 하지만 지금까지 응원 문화나 형태가 어떻게 바뀌어 갔는지를 알고 더 나은 방향으로 발전시켜 간다면 훨씬 더 성숙하고 나은 응원단이 되지 않을까 생각합니다.

고대응원단의 세계 경쟁력을 확인하는 순간

김연수

94년 부단장

RUNKOREA(스포츠 행사 기획 및 선수 매니지먼트) CEO

하루는 야후코리아 홍보팀장으로부터 한 통의 전화를 받았다. 2006년 독일월드컵에 한국 응원단을 구성해 달라는 요청이었다. 당시 야후코리아 홍보팀장은 고려대학교 후배로 나에게 응원을 배운 인연으로 연결된 것이다. 내가 여러 가지 바쁜 일로 그 일을 맡기는 어려운 상황이었지만 한국적인 색채를 지닌 고대응원이야말로 세계적으로 경쟁력을 보여주는 응원이 아니겠냐며 후배는 나를 적극적으로 설득하였다.

그 당시 야후는 지금의 페이스북과 같은 파워를 가지고 있었고, FIFA와 계약한 월드컵 메인 스폰서였다. 야후코리아가 한국에서 약 100명의 응원단을 꾸려 독일로 보낼 준비를 해야 하는데 가수 김흥국, 거북이, 개그맨 윤택 등이 섭외되었다고 했다. 당시 나는 사업을 하고 있어 시간을 내기 힘든 상황이기도 해서 이 회사의 대표이사가 연대 출신이니 연대 응원단이 주축이 되면 어떨까 권해보기도 했고, 고대 응원단 후배에게 연락했으나 정기 고연전 준비로 힘들다고 했다. 무엇보다 고대응원단이 맡아주면 좋겠다는 회사 측의 간절한 요청도 있고, 가수 김흥국과의 친분도 내가 독일행을 결심한 이유 중의 하나이기도 했다.

나는 곧장 고대응원단 후배들과 팀을 구성하여 응원곡 선정과 동작을 만들었다. 문제는 단복이었다. 그 무엇보다 다른 외국 응원단들과 차별화되는 가장 한국적인 것을 보여주고 싶었다. 오랜 고민 끝에 흰색 두루마기와 갑옷으로 응원단복을 결정하겠다고 했더니 회사 측에서 많이 놀라고 의아해했다. 막상 입고 응원을 했을 때, 나는 두루마기라 가벼워 괜찮았지만, 후배들은 무거운 갑옷을 입고 땀을 뻘뻘 흘리며 열정적으로 응원하는 모습을 보면서 대단하다는 생각을 넘어서 존경스러운 마음마저 들었다.

드디어 첫 오리엔테이션, 발대식, 고사 등의 행사가 강남의

한 홀에서 있었다. 응원단으로 선발되어 전국에서 참여한 100명의 사람을 처음 만난 순간을 나는 지금도 잊을 수가 없다. 10대부터 60대까지 남녀노소의 아마추어 응원단들은 차라리 관광객에 가까웠다. 앞으로 벌어질 일들을 생각하니 눈앞이 캄캄했지만, 나는 이 아마추어 응원단들을 고대 신입 오리엔테이션 때 하는 것처럼 하나하나 가르치기 시작했다. 처음 우려와는 달리 100명의 응원단의 의지력은 정말 대단했다. 드디어 '우리는 하나'라는 믿음을 가지고 똘똘 뭉쳐 희망차게 독일로 떠났다.

독일 프랑크푸르트에 도착했다. 경기장 주변은 이미 전 세계 응원단들의 응원 장외전이 벌어지고 있었다. 우리도 경기장 밖에서부터 뭔가 지금 바로 시작해야 할 것 분위기에 사로잡혔다. 그런데 점점 응원단 대열은 흩어지고 연세가 있으신 분들은 뒤로 쳐지기 시작했다. 이대로는 안 되겠다 싶었다. 경기에서 지고 있을 때 응원이 가장 힘들다. 이미 지고 있는 것 같은 이 분위기! 나는 응원단의 사기를 높이고 동기부여를 먼저 시킬 필요가 있었다. 응원단들을 모두 공원으로 집결시켰다. 무슨 말을 해야 할지 머릿속이 복잡했다.

"여러분! 여러분은 지금 월드컵 경기를 보러 온 것이 아닙니다. 우리는 대한민국을 대표하여 월드컵을 승리로 이끌기 위한 응원을 하러 왔습니다. 여러분들이 바로 대한민국 국가대표 응원단이 아닙니까?" 라고 말하자 응원단들은 다시 힘을 내보자는 투지의 눈빛을 보여주었다.

"응원은 축구장에서가 아니라 지금 바로 시작하겠습니다. 주변에 많은 나라의 응원단이 모여 있습니다. 우리는 그들을 뚫고 지나갈 겁니다. 여러분이 배웠던 것을 전 세계인들이 보는 앞에서 당당히 재현합시다!" 라고 외쳤다. 응원단들은 오와 열을 맞추어 갑옷을 입은 후배를 따라 이동했다. 다른 나라의 응원단들과는 달리 우리나라의 응원곡과 절도 있는 응원 동작은 주변의 눈길을 사로잡기에 부족함이 없었다. 그래서인지 이 낯선 응원 모습을 담으려고 카메라들이 우리 응원단들을 계속 따라다녔다. 드디어 경기장에 입성했다. 그리고 그 날 치러진 토고와의 1차전은 고대 체육교육과 후배 이천수의 골로 천금 같은 1승을 거두었다.

며칠 후 야후코리아 대표이사가 청바지를 입은 동양인 청년 한 명을 소개해주었다. "알죠? 제리양!" 알고 보니 그 제리양은 야후 설립자였고, 지금의 마크 주커버그 급의 인기와 부를 가진 인물이었다. 난 사실 뿔테 안경이 인상적인 그 동양인이 한국사람인 줄 알았다. 그만큼 그때 나는 응원과 내 일에만 몰두해 있었던 시기였던 것 같다. 며칠 동안이나 우리 응원단을 지켜봤던 제리양은 우리가 하는 응원이 놀랍다고 했다. 그리고 쿨하게 인사만 하고 눈길 한번 주지 않던 우리가 신기했을 것이다.

2차전 프랑스와는 1대 1로 비겨서 16강에 진출할 수 있는 희망이 있었으나 3차전 스위스에는 0대 2로 패하면서 아쉽게 16강이 좌절되는 아픔을 겪었다. 그 후 나는 월드컵 경기는 직접 보러 가지 않는다. 그때의 보람도 컸지만, 당시 힘들었던 상황이 자꾸 떠올라 경기장에서 즐겁게 경기를 보지 못할 것 같기 때문이다. 그렇지만 젊은 날, 응원단 후배들과 나라를 위해 최선을 다해 열심히 응원한 추억이 남았기에 후회도 없다.

잠시 잊고 있었지만, 응원단 시절에 우리는 참 많은 것들을 배웠다. 응원 동작, 스피치, 태도, 겸손, 힘들어도 웃는, 져도 이겨야 하는! 이 어려운 것들을 몸에 익히고 사회에 나왔다. 그리고 그 누구보다 나를 열정적으로 살게 해주었던 응원단이 있었기에 난 항상 감사한 마음이 든다.

시대가 만든 행운아와 불운아

이재호

75년 응원단장
무역업

저는 1975년 이석한 단장이 입대하면서 단장을 맡았지만, 일반 고연전 3경기에 나간 것이 전부입니다. 정기전을 한 달이나 준비했지만 진해 합숙훈련 도중 축구선수가 사망하는 불의의 사고가 있었고, 연대 총장이 바뀌면서 고대 차락훈 총장을 찾아와 정기전 취소를 동의해 달라고 사정하고 이를 고대가 수락하는 바람에 정기전이 취소되었죠. 간혹 정부의 군사권력에 의해 일방적으로 취소되는 때도 있었지만 이렇게 어이없이 우리 총장에 의해 정기전이 취소되리라고는 생각지도 못한 일이라 그때 일을 생각하면 지금도 마음이 쓰리고 아픕니다.

처음 응원단에 들어갔을 때가 생각납니다. 1학년 때 응원단에 들어갔을 때는 저와 2학년 박완필 선배와 오영석 응원단장 3명밖에 없어서 지금은 상상도 할 수 없는 일이지만 1학년 인 저까지 단상에 올랐어요. 그 후 윤배선 선배가 응원단에 들어와서 박완필 선배와 단장경쟁을 벌였는데 오영석 단장의 지원을 받은 윤배선 선배가 단장이 되었어요. 박완팔 선배는 그 다음 해 단장이 되었지만, 군사정권의 반대로 고연전을 접어야 했고, 그 후 노득용 단장이 선정되었지만, 그 또한 정기 고연전을 못 치른 불운아였어요. 이 두 사람은 지금도 자주 얼굴을 볼 수 없는 것이 참 안타깝습니다.

반면에 73년도 김민영 단장은 정기 고연전을 3년 만에 치른 행운아였고 당시 연대는 방송인 임성훈 단장이었어요. 그러고 보니 김민영 단장도 얼굴 본지 꽤 오래되는군요. 74년도 발군의 김석찬 단장이 아프다는 소식과 76년도 전형선 단장과 77년도 권혁원 단장이 우리 곁을 떠났다는 소식을 들었을 때는 깊은 슬픔을 느꼈습니다. 모두 형제 같은 친구들이었는데 세월이 이렇게 허망하게 흐르는군요. 윤배선 선배가 연애할 때 내가 이대를 오가며 연애편지를 전달했던 즐거운 추억들을 뒤로하고 형수님이 아프시다니 더욱 안타까운 마음이 듭니다. 더 늦기 전에 이렇게나마 응원단 스토리를 남길 수 있어 참 좋네요. 모두 건강하게 오래오래 만나고 싶습니다.

불구 몸치였던 명환이가 단상에 서던 날

이자용
96년 응원단장
미래에셋 재직 중

1991년 당시 저는 2학년 조단장이었어요. 학사 일정과 추석 연휴로 이틀에 걸쳐 진행되던 정기 고연전이 단 하루 만에 다섯 종목이 치러졌었죠. 무리한 일정 탓에 취주악부의 실수가 계속되는 바람에 그 당시 분위기가 정말 안 좋았어요.

그 시절 가장 기억에 남는 건 신입 단원이었던 오명환이 일명 불구(?)의 응원 동작 몸치로 정기전이 임박해서도 동작이 가다듬어지지 않아 선배들의 고민이 깊었어요. 비가 많이 내리던 어느 날 이 친구가 술자리 중 안주를 사러 정경대 후문을 넘다가 추락하여 심각한 무릎부상을 입고 응급실로 실려가는 일이 생겼어요. 당시 그 후배를 단상에 세우느냐 마느냐로 정말 슬픈 토론이 벌어지고 결국 응원 동작의 완성도보다는 응원단 단실 생활을 어떻게 했는지가 단상에 설 자격의 기준이 된다는 결론을 도출하게 되었죠. 한여름 그 누구보다 고생한 응원단원을 동작이 어렵다는 이유로 단상에 세우지 않을 수 없다. 비록 단상 위에서 동작을 안 하고 서 있기만 하더라도 단상 위에 세워야 한다는 당시 선배들의 의견에 '아… 이게 정말 멋진 응원단의 모습이구나' 하는 숙연함과 보람을 느꼈어요. 그리고 정기전이 마무리된 후, 다 함께 눈물을 흘리며 응원가를 부르던 순간이 응원단원이 되고 가장 뿌듯하고 행복한 순간이 아니었을까요.

그러나 그 후배의 불운은 거기서 끝나지 않았어요. 정기전 다음 날 숙소로 명환이를 찾는 급한 전화가 걸려오고 명환이는 넋이 나간 듯 허둥지둥 숙소를 뛰쳐나갔어요. 명환이 형이 교통사고를 당해 그 자리에서 사망했다고 들었습니다. 아직도 명환이의 넋 나간 모습이 가끔 생각나곤 해요. 이 사건 이후 명환이는 학교를 중퇴하고 재수를 하여 경북대 의대에 진학하고부터는 다시는 볼 수 없었어요.

1996년 8월 15일 응원단장 시절 연세대에서 한총련이 대규모 집회와 시위를 시작했어요. 당시 정부의 강경 대응으로 학내에 고립된 학생들과 전경들이 대치하면서 엄청난 부상자가 속출했죠. 이 사건으로 연세대 송자 총장이 물러나고 학생운동에 적대적인 전남대 김병수 총장이 신임 총장으로 취임하면서 연세대 주최 정기고연전이 무산되었어요. 당시 정기고연전을 간절히 원했던 고대생들이 들고일어나 서명운동까지 해서 거의 5천 명이 넘어섰지만, 고연전 취소를 뒤집지는 못했어요.

이후 응원에 대한 고대생들의 갈망을 해소해주기 위해 우리는 "고대 가족 한마당"이라는 행사를 기획했었죠. 그러나 당시 교우회의 예산지원이 필요한 상황이라 응원단장 자격으로 현대자동차 회장인 정세영 교우회장님을 면담했는데 학생들이 모이는 행사에 대해 상당히 부정적인 입장을 견지하셨어요. 그러나 지속적으로 학교 측과 응원단이 예산을 확보를 위한 노력을 해서 마침내 행사를 추진할 수 있게 되어 정말 다행이었어요. 이 행사는 학생들뿐 아니라 안암동 주민들과 상인들까지 모두 초청하여 고대생들만이 축제가 아닌 안암골 전체의 축제를 벌였던 제가 있어서는 불행했지만, 의미 있었던 한 해가 아니었나 싶어요.

9회 말, 야구의 시작

이채림

10년 조단장
TV조선 기자

2009년 9월, 처음 응원단원으로 무대에 선 날을 저는 지금도 잊을 수가 없습니다. 고대하던 분홍 당의를 입고 잠실 야구장에 선 날, 아침부터 비가 주룩주룩 내려 부츠가 땅속에 푹푹 빠져 걷기조차 힘들었습니다.

드디어 큰 빗속에서 야구경기는 시작되었고 경기가 흥미진진해질 무렵 차츰 비가 그치더니 어느새 해가 나기 시작했습니다. 그런데 경기는 반대로 이상하리만큼 불리하게만 흘러갔습니다. 마침내 9회 말, 고대의 공격 턴이 돌아왔지만 스코어는 1대 3이었습니다. 몸은 응원 동작을 따라 하고 있지만, 마음은 의기소침했습니다. 학우들의 응원 소리도 작아지던 그

때, 마침내 홈런이 터져 스코어가 4대 3이 되었습니다. 힘찬 함성이 터졌고, 경기장을 보니 홈런을 친 선수가 동료를 끌어안고 어쩔줄 몰라하고 있었습니다. 뱃노래가 시작되고, 동기인 최지현에게 어깨동무를 하러 다가가는데, 그 친구가 눈물이 그렁그렁한 눈으로 저를 쳐다봤습니다. 저는 그날 태어나 처음으로 진한 감동의 눈물을 흘려봤습니다.

이날의 역전승은 오늘의 저를 있게 만들었다고 할 수 있습니다. 마지막까지 포기하지 않는 자세를 배웠거든요. 역전의 순간, 힘들게 흘렸던 땀이 자랑스러웠고 가치 있게 느껴졌습니다. 고대를 '응원'한다며, 내심 포기한 저 스스로를 꾸짖기도 했습니다. 신입생 응원 새로 배움터에서 응원단에 반하고, 처음 지원할 때만 해도 화려함을 좇았습니다. 그런데 막상 응원단은 백조와도 같았습니다. 단상 위에서 반짝반짝하는 순간 같은 며칠을 위해, 고된 훈련과 선후배 간의 위계질서를 배워야 했습니다.

그 날 이후 저는 '야구는 9회 말부터'란 말을 믿게 되었습니다. 노력 끝에는 항상 감동이 있다는 걸 경험으로 알게 되었으니까요. 어느덧 응원단원으로 활동한 지도 10년이 지났습니다. 사회에 나와 제가 응원단 출신이라는 것을 알게 된 사람들은 단상 위에서의 모습만을 생각하며 '대단하다'는 찬사를 보내곤 합니다. 하지만 제가 응원단에서 얻은 가장 큰 보람은 단상 위에서가 아니라 그 날을 위해 노력하던 하루하루에서 얻었다고 생각합니다. 극기와 각고의 노력 끝에 오는 역전의 기쁨을 맛봤기에, 응원단원으로 활동하던 그 시절이 저는 더 소중하고 자랑스럽습니다.

저는 고대하면 무조건입니다

김상희

법학과 61학번 / 가수

대학 시절 하면 떠오르는 저의 첫 기억은 1961년 신입생 때의 사발식입니다. 유진오 총장께서 "자네들도 한잔하게나" 하면 다들 한 잔씩 받아 마셨지요. 위엄있는 그 사발식을 처음 접하는 신입생들은 처음으로 고대의 전통과 만나는 소중한 경험을 한 것 같아요.

학교를 졸업하고 가수로 데뷔한 후에는 후배들이 자주 농구장이나 야구장으로 저를 불렀어요. 하도 자주 나가고 남편과 매니저가 연대라 그런지 제가 고대 후배들 만나러 간다고 하면 가지 말라며 문을 안 열어줬어요. 한번은 조선호텔 뷔페가 처음 생겼을 때 후배들 다 불러서 마음껏 먹이기도 했어요. 그 날 뷔페 음식이 다 동나는 바람에 호텔에서 다시는 오지 말라고 사정을 했죠. 어느 날은 고연전 직후에 길거리에서 후배들과 딱 마주쳤어요. 후배들이 무작정 "선배님 막걸라값 주세요". 그럼 저는 무조건 주머니를 털죠. 저는 고대 그러면 무조건이에요. 고대는 제게는 이런 의미였어요. 지금도 지방에 내려가면 고대 후배들이 어디서든 저를 반겨줘요. 참 촌스럽고 유난스럽죠.

우리 61학번에는 정말 극성스러운 동기들이 많았어요. 지금도 한 달에 한 번씩은 모입니다. 지금도 모이면 "야 너 담배 끊어라" 마누라도 아니면서 잔소리를 늘어놓죠. 그렇게 말하면서 늘 제 마음속으로는 우리 동기들이 자랑스러워요. 국회의원, 장관, 시장 출신들도 많지만, 그냥 우리끼리는 허물이 없어요.

근데 아직도 고대 연대 따지나요? 예전에는 정말 많이들 따졌죠. 저는 대학마다 다 공연을 다녔어요. 근데 연대만 가면 고대 출신이 왜 연대에서 노래해? 비아냥거리지만 저는 아무렇지 않았어요. 당시 연대 가수들은 좀 있었지만, 고대 가수는 저 혼자였어요. 연대 총장 취임 때 제가 우리 총장님 모시고 같이 축하해드리러 가기도 했어요. 언제는 느끼는 거지만 확실히 고대와 연대는 색깔이 많이 달라요. 그래도 앞으로 우리 이런 소중한 인연 계속 이어나갔으면 좋겠어요.

Chapter 3

자기의 존재가치를 키워라

60~70년대 응원은 응원단의 발전을 생각했다.

즐기는 응원도 좋지만 소비되는 응원보다는

지켜야 할 가치와 발전을 위한 응원을 하자.

응원단에서 자기의 존재가치를 키워라

장영철

67년 부단장 / 72년 총기획
아시아당구연맹 회장

응원이란 무엇일까요?

고대 응원은 보성과 연희전문 때부터 이어져 온 고연전이 있어서 응원의 존재 가치가 있죠. 60년대 무렵 양교의 총장들이 정기전때 스포츠 응원을 활성화해 보자는 의견을 나누었고, 고연전을 위한 응원을 구상했어요. 연대는 테크니컬한 측면을 강조한 응원을 했고, 고대는 권위주의적인 응원이라는 한계가 있었어요. 그 당시에는 학생들과 선수들을 모두 하나로 뭉치게 해줄 수 있는 유일한 수단이 바로 응원이라는 생각들을 하고 있었어요.

70년대는 모든 기업이 다 스포츠와 응원에 매달릴 때였고,

시가행진이 정말 중요했죠. <친선의 노래>가 고대와 연대가 싸우는 것 때문에 생길 정도였어요. 지독한 라이벌 의식이 있었지만, 악의적 다툼은 아니었다고 봐요. 1965년도 이전에는 고연전이나 정기전의 개념이 없었기 때문에 응원단원들은 모두 그냥 다 단장이었어요. 그 이후에는 학교 조직으로 움직였죠.

어쩌다 고대응원단에 들어가시게 되셨나요?

제가 고대응원단에 들어가게 된 이유는 간단해요. 저는 정치외교학과 출신으로 많은 학생이 응원하는 것을 지켜보면서 응원단에 들어가 리더가 되면 모든 사람과 가까워질 수 있겠다는 생각이 들었어요.

1966년도 10월 경기에 앞서 2학기가 시작되자마자 7월에 단장단이 편성되었습니다. 다양한 응원 동작 연습이 시작되면서 응원단 활동이 본격적으로 시작되었습니다. 1968년도에 오영석 선배가 고대응원의 핵을 잡지 않았나 싶습니다. 이때부터 고대응원이 본격적으로 좋아지기 시작했고, 열기가 끓어오르면서 연대응원을 압도할 수 있는 응원이 이때부터 비로소 나왔다고 보면 됩니다.

그 당시 고대응원단의 위상은 어떠했나요?

60~70년대 응원은 우리 팀이 이기는 것도 중요하지만, 응원단의 발전을 많이 생각했어요. 하지만 지금은 즐기는 응원으로 바뀐 것 같습니다. 다 함께 응원을 하면서 즐기는 요소는 가져오되, 소비되는 응원보다는 '지켜야 할 가치와 발전을 위한' 응원을 잊지 말았으면 좋겠습니다. 그냥 응원단을 하지 말고, 응원단에서 자기의 존재 가치를 키웠으면 좋겠습니다. 응원단 활동을 하는 동안 분명 느끼고 배우는 것이 참 많을 겁니다. 그리고 그것이 사회에 나와서 큰 도움이 된다는 것을 깨닫게 될 것입니다.

보통 일본의 와세다대학과 게이오대학도 2종이나 3종 정도의 경기로 서로 경쟁을 하는데 우리 고려대와 연세대는 5종이나 경쟁을 벌였어요. 처음부터 고려대와 연세대가 스포츠를 살려야 한다는데 깊은 의미로 시작된 것이기도 했죠. 그다음에 프로스포츠 경기가 생기면서 고연전은 '아마추어'로 존속하는 문제가 있었어요. 고연전이 가지고 있는 의미의 본질은 '서로의 존재 가치를 높이자'는 것이었죠.

당시에는 일반인들에게도 고연전의 인기는 대단해서 암표가 난무했고, 고대응원단들은 표를 공짜로 나눠줬어요. 이기면 불고기, 지면 짜장면을 먹었죠. 1971년 즈음부터 전국에 체육관이 생기기 시작하면서 한번은 전주체육관에 초청받아 간 적이 있었는데 그 날 시합에서 우리가 지고 말았어요. 그 당시 전주시장, 전북지사, 전북 경찰국장, 검사장이 전부 고대 출신이라 그때 야간 통금까지 풀어주기도 했는데 경기에 져서 참 아쉬움이 컸었어요.

또 인상적으로 기억에 남는 것이 일본 대학들과의 친선경기입니다. 농구는 메이지대학과, 축구는 와세다 대학과 경기를 했어요. 응원단이 부산까지 내려가서 400여 명이나 되는 교우들을 모아서 응원을 가르쳤는데, 사람들이 하도 많이 와서 철책이 무너지는 사고가 벌어지기도 했어요. 그만큼 그 당시의 응원 열기는 뜨거웠죠.

광주 사직공원에 수영장이 처음 만들어졌을 때는 조오련 선수와 같이 초청받아 내려갔던 적도 있어요. 그 때 토끼고기를 처음 먹어봤던 기억이 문득 나네요. 고대응원단의 유명세가 그때는 정말 대단했습니다. 고대 없는 연대 없고, 연대 없는 고대 없습니다. 고연전의 존재 가치는 앞으로도 우리 스스로 지속적으로 만들어가야 합니다.

3-4

여성 최초의

고대 응원단장이라는 “편견과 부담”

타인의 기준, 기대를 벗어나

나를 위해 주도적으로 살라

내 삶의 주인공은 나다

김나영

04년 응원단장

경찰 재직 중

지금은 어떤 일을 하고 계시나요?

저는 전공이 간호학과였지만 고대응원단 활동을 마치고 행정고시를 준비했어요. 그러던 중 경찰로 진로를 변경해서 현재는 마포경찰서 형사과에서 일하고 있습니다.

고대응원단 4년의 활동이 지금의 일에 도움이 되었나요?

응원단이나 경찰이 남성 위주의 조직이다 보니 비슷한 점이 많아서 거부감 없이 잘 적응할 수 있었습니다. 체질적으로 운동을 싫어했는데 응원단 훈련을 통해 다져진 기본기가 남아 있어 경찰에서 받는 훈련도 수월했고요. 그 외 위계질서가 강한 문화에도 익숙해서 높은 직급의 상사나 나이 많은 동료들에게도 늘 친근하게 잘 다가갈 수 있었습니다. 대부분의 응원단 경험들이 많은 도움이 되는데 경찰 내에서는 제가 고대 응원단장 출신이라는 게 소문이 나서 저에 대한 기대감이나 편견들로 인해 부담을 느낄 때도 있습니다.

고대응원단에 들어가시게 된 계기가 있으신가요?

대학에 가면 제 인생에 한 획을 긋는 일을 하자고 다짐하고 있던 터에 신입생 응원오리엔테이션에서 응원단을 보고 '바로 이거다' 하고 신입 단원 모집 공고도 안 났는데 바로 응원단실을 찾아갔어요. 다른 대학들과 명확히 구별되는 고대의 전통과 특징들이 있는데 그 중심에 응원단이 있더라고요. 응원 하나로 세대를 아우르는 공감대를 만들어주고 고대정신을 이어가게 하는 끈이자, 고대라는 이름으로 하나로 뭉치게 하여주는 대단한 단체라고 생각했고 이런 단체에서 대학 시절을 보내도 여한이 없을 것 같아 고민 없이 지원했습니다.

응원단장은 어떻게 되신 건가요?

세상사를 보면 다양한 변수들이 모여 어떤 결과를 만들어

내잖아요? 저도 마찬가지로 여성 리더의 역할이 새로운 사회 트렌드로 각광받던 시대적 요구도 있었고, 응원단 내에서도 남녀의 벽을 허무는 분위기가 자연스레 조성되면서 고대 역사상 첫 여성응원단장이라는 영광스러운 타이틀이 너무 운 좋게도 제게 주어졌죠. 3학년 부단장 때도 여자로는 처음으로 훈련부장, 기수부장을 했는데 이런 에너지들이 축적되어 더 큰 자리로 나아갈 수 있게 해준 것 같아요.

고대응원단 훈련이 힘들지 않으셨나요?

1학년 때는 훈련받던 중에 그만두겠다고 한 적이 한두 번이 아니었어요. 정말 지금껏 살면서도 육체적으로는 제일 힘든 순간이지 않았나... 육체적 고통이 심하면 정신력도 흐려지잖아요. 몸과 마음 둘 다 극한의 고통을 느끼는 시간이었는데 지금은 그냥 무용담으로 얘기하기 좋은 추억이 됐죠. 특히, 여름 내내 햇볕에서 훈련을 하다 보니 새까맣게 탔는데 허벅지에 근육이 생기니까 자꾸 사람들이 운동선수냐고 물어보더라고요. 훈련 중에 다쳐서 훈련복 입은 채로 병원을 가면 "고대에는 여자 축구부 있어요?"라는 재밌는 질문도 받았고, 응원단 점퍼를 입고 다니면 "KOREA Univ."라는 글자를 보고 오해하신 분들이 국가대표냐고 묻기도 했어요. 사실 어릴 때부터 운동을 싫어해서 부모님께서는 얼마 못 가 포기할 거로 생각하실 정도로 나약했는데, 힘들 때마다 선배, 동기들이 파이팅 외치면서 잡아준 덕에 버틸 수 있었어요. 요즘은 운동을 거의 안 하는데도 대학 때 받았던 훈련 덕에 건강하게 잘살고 있는 것 같아요.

여담이지만 연대 여자 응원단원들은 실내에서 훈련을 하다보니 고연전 행사 때 보면 다 뽀얗고 야리야리한데 고대 여자 단원들은 새까맣고 허벅지에 근육이 있어서 비교도 많이 당했어요. 특히 연대와 공동으로 행사할 때 고대 여자단원들이 단상에 올라가면 "아줌마 아줌마!!"라며 야유를 보냈는데 그럴 때 좀 창피하고 연대가 부럽기도 했지만, 리더는 강인한 체력이 뒷받침되어야 역할을 제대로 할 수 있는 거니까 진정한 리더가 되기 위해서는 꼭 필요한 과정이었다고 생각해요.

응원단 생활하시면서 가장 기억에 남는 일이 있으셨다면?

응원단에서 대학 시절 전부를 보냈으니 추억도 손에 꼽기 힘들 정도로 정말 많아요. 힘든 훈련 중에도 폭소가 터지는 에피소드들, 선후배들과 숱한 밤을 지새우며 나누었던 술 한잔

과 대화, 여름 합숙훈련으로 간 설악산 대청봉에서 맞이했던 일출 광경 등등 대학 시절의 경험들을 재미있고 의미 있는 기억들로 채웠죠.

그래도 응원단은 뭐니뭐니해도 응원할 때가 제일 기억에 남는 멋진 순간일 텐데 저의 경우에는 부단장 때 야구장에서 응원하던 중에 부츠 굽이 부러지는 사고가 나서 단상에 못 올라가는 상황이었는데, 맨발로 올라가라는 한 선배의 조언으로 부츠를 벗고 단상에 올라갔던 때가 기억나요. 당시 5회 초인가 그랬고 0대 2로 고대가 지고 있어서 응원 분위기가 가라앉아 있었는데 제가 맨발로 올라가니 연대 쪽 전광판에도 제 모습이 나올 정도로 경기장의 시선이 집중된 상황에서 제가 "고대 학우분들 지고 있다고 응원 안 하실 겁니까? 제가 열이 받아서 맨발로 올라왔는데 아직 5회 초 밖에 되지 않았습니다. 선수들이 힘을 낼 수 있도록 여러분의 뜨거운 응원 부탁드립니다!!" 라고 고래고래 소리 지른 뒤 그 당시 18번 곡 「엘리제를 위하여」를 하고 있는데 안타 2번으로 바로 1점을 냈고, 득점할 때 부르는 응원곡 「뱃노래」를 하고 있는데 다시 1점을 더 추가했어요. 결국, 그날 야구 경기는 고대 승리로 끝났고 정말 짜릿했던 순간이었어요. 물론 당시 학생들은 제 부츠 굽이 부러져서 맨발로 올라온 줄 몰랐을 테지만 어쨌거나 위기가 기회가 되어 좋은 결과로 이어져서 정말 제가 운이 좋았죠.

김나영님에게 응원이란 어떤 것이었나요?

제게 있어 응원은 마법이었어요. 나의 한계를 뛰어넘게 만드는 마법. 어린 나이에 쉽게 할 수 없는 값진 경험들을 했고 그 경험들을 통해 그간 몰랐던 진짜 나를 만날 수 있었어요. 만약 응원단 활동을 망설이는 후배들이 있다면 꼭 해보라고 권하고 싶어요. 그만큼 희생도 따르지만 오로지 고연전에서만 느낄 수 있는 가슴 벅찬 함성과 열정을 온전히 누려보실 수 있을 겁니다.

응원단이라는 자리가 수많은 대중 앞에 서서 기대와 환호를 한몸에 받다 보니 타인의 시선을 과도하게 의식하게 되는 경향이 생겨요. 저도 졸업 후에 공부한답시고 초라한 행색으로 신림동 고시촌을 돌아다닐 때 혹시라도 사람들이 알아볼까 봐 한동안 땅만 보고 걸어 다녔던 적도 있었는데 여러분들은 남이 나를 어떻게 볼까 걱정하느라 불필요한 시간을 보내지는 마세요.

흔한 이야기지만 내 삶의 주인공은 '나'이고, 나는 남한테 휘둘려서는 안 될 너무나도 애틋한 존재입니다. 타인의 기준, 기대를 벗어나 나를 위해 주도적으로 살라고 진심으로 응원하고 싶네요.

사람들 앞에서 자신 있게 말할 수 있고,

도전하지 않으면 알 수 없다는 생각이

무언가에 나를 또 뛰어들게 한다.

사회에서 필요한 모든 것은 응원단에서 배웠다

황희문

16년도 단장

응원단 이전에 당신은 어떤 사람이었나요?

저는 그냥 평범한 학생이었습니다. 주변 친구들이랑 노는 것을 좋아하고, 축구나 농구를 즐기는 주변에서 흔하게 볼 수 있는 그런 보통의 학생이었죠. 적극적이라는 단어보다는 소극적이라는 단어가 좀 더 저에게 어울렸던 것 같아요. 대학교 1학년 때 다른 동아리 행사에서 주점을 하고 있는데 우연히 응원단 선배가 손님으로 와서 저에게 응원단에 들어오라는 권유를 받았어요. 그러다 입실렌티 지야의 함성에서 응원이 너무 재미있어 별고민 없이 응원단에 지원하게 되었어요. 그런데 이렇게 마지막까지 남아 응원단장까지 하게 될 줄은 몰랐습니다. 그때의 제 선택에 후회는 없습니다.

응원단에 들어가서는 어떻게 적응하였나요?

응원단에 들어와서는 체력적으로 정말 힘들었습니다. 동작 자체가 저에게는 너무 힘들었어요. 근력도 많이 필요하고, 가벼운 운동밖에 하지 않던 저에게는 적응하기까지 많은 노력이 필요했습니다. 다치기도 많이 했죠. 특히 데빌캠프, 이후 지금은 "예비응원단 훈련"으로 이름이 바뀌었는데, 기초체력 훈련, 팔굽혀펴기, 스쿼트, 달리기 등의 체력훈련이 정말 힘들어 했던 기억이 나네요. 예비응원단 훈련 때는 <붉은 노을> 응원곡을 제일 먼저 가르치죠.

1학년 때는 특별한 임무를 주지는 않았어요. 단실에 가서 선배들과 이야기를 나누거나 규칙 같은 걸 배우죠. 2학년 때부터는 업무를 주는데 1학년은 주로 2학년 선배들의 업무를 도와주는 역할을 합니다. 예전에 선배들이 했던 단실 전화대기 같은 것은 지금은 사라졌어요.

2013년 하반기 응원 OT 때 처음으로 단상에 섰어요. 정기전 전에 출정식을 하고 예행연습을 하고 야구장 개막식에 처음 나갔는데 너무 긴장을 했죠. 1시간을 기다리다가 경기가 시작하면서 야구장 그라운드 단상으로 올라가서 응원을 시작했습니다. 중간에 잠깐 쉬는 시간을 제외하고는 계속 응원을 했습니다. 사람들의 목소리 크기로도 분위기가 어떤지 미묘하게 느낌이 왔어요. 1학년 때는 메인 단상이 아니라 사이드 단상에서 응원을 하는데, 메인 단상보다 학우들과 가까이 있어 진짜 소통하는 기분이 들었었죠. 정기전이 끝나고 아이스크림을 먹으러 갔는데 알아봐 주는 사람들도 생기면서 뭔가 잘해야겠다는 생각이 들기 시작했습니다.

2016년도에 응원단장을 했어요. 응원단장이 되면서 주로 외부단체들 만나는 게 가장 힘들었습니다. 총학생회와 방송국 협의, 시간 배분 등을 직접 해야 했죠. 서로 타협점을 찾고, 업무 진행에서 서로를 존중하면서 일하는 걸 그때 많이 배운 것 같아요. 그중에서 가장 힘들었던 일을 꼽으라면 역시 스폰을 받아오는 것이었죠. 하이트 스폰을 받아오기도 했어요. 단장으로서 단원들에게도 책임감을 느꼈습니다. 단원들이 보내는 1년이 의미 없이 지나가는 1년이 아니길 바랐습니다. 그들이 업무에서, 단상 위에서 뭔가 많은 것을 느끼고 배우는 시간이 되었으면 좋겠다는 생각을 많이 했습니다. 지금 생각해보면 더 잘해줄 수 있었던 것 같아서 아쉬움이 남네요. 가끔 후배들을 만나면 그때 즐거웠던 기억을 얘기해주면 그 시간이 헛되지 않았다는 생각에 뿌듯하기도 합니다.

2016년은 근 5년간에 있어 응원단의 황금기였다고 생각해요. 선배들의 노력으로 응원단이 과거에 가지고 있었던 많은 오해들이 풀려 학우들의 신뢰를 얻고 있었고, 기업 스폰으로 단내 재정이 부족하지 않은 상황이 되었죠. 타 단체와의 큰 마찰도 없었고 행사에서의 사고도 발생하지 않았습니다. 그동안의 축적된 것들을 바탕으로 저는 단장으로서 많은 것을 누릴 수 있었던 것 같아요. 학우들도 응원에 뜨거웠었고요. 선배들에게 고맙고 또 그것을 더욱 견고하게 만들기 위해 많은 노력을 했죠. 결정적으로 정기전 종합 100승을 달성했어요. 여러 가지로 좋은 일들이 많았던 1년이라 저에게는 참 행복했던 시간이었습니다.

응원단 활동은 크게 9월 즈음에 정기전이 있고, 3월 즈음에 신입생 응원 OT, 입실렌티, 그 사이사이에 있는 비정기전이 있어요. 수업 문제 때문에 비정기전은 서울권이 아니면 잘 못 갔어요. 제가 1학년 때는 선배들이 정장을 입고 응원을 유도했었지만, 현실적으로 수업시간과 겹치면 참여하는 학생, 단원들이 적어지고, 구장에서 앰프사용 등 규제가 들어오다 보니 응원하기가 힘들죠. 하지만 저녁 시간이나 참여를 많이 하는 비정기전에서는 북을 이용해 구음 응원을 유도하며 선수들을 응원하기도 합니다.

크고 작은 어려움이 많았지만 저는 굉장히 응원단 활동이 재밌었어요. 그래서 계속 했던 거죠. 시간이 지날수록 깊어지는 인간관계와 사회성이 늘어난다고 느꼈습니다. 만나는 사람들이 다양하다 보니 아무래도 좀 더 넓은 시야를 가지는 데 도움이 되지 않았나 생각해요. 응원단 생활을 하면 과 생활을 제대로 하지 못하는 아쉬움은 남지만, 그 이상으로 응원단 생활에서 많은 것을 배운 것 같아요.

응원단 활동에서 어떤 것을 얻으셨나요?

우선 대인관계가 매우 부드러워졌어요. 이제는 많은 사람을 대하는 게 편하고, 사람들 앞에 나서는 게 덜 부담이 되어요. 면접이나 발표를 할 때, 내가 아는 것에 대해서는 자신 있게 말할 수 있고, 모르는 것에 대해서도 순발력이 생긴 것 같아요. 도전하는 것에 두려움이 많이 사라졌고 부딪혀보지 않고는 알 수 없다는 생각이 무언가에 또 나를 뛰어들게 만드는 것 같아요. 사람들과의 관계에서도 제가 많이 적극적이고 주도적이 되는 것을 느껴요. 침착하게 생각하고 눈앞의 일이 아닌 그 일로 인해 발생할 수 있는 부차적인 일들에 대해서도 항상 고려하게 되는 것 같고 체계적이어졌다는 말이 좀 더 어울릴 것 같네요.

고대응원단 활동은 대학생 때가 아니면 못해볼 소중한 경험이죠. 한번 시작한 길이라면 끝까지 하는 것이 의미 있다고 이야기해주고 싶어요. 저는 응원단 활동을 통해 다른 일 할 때도 어디까지 깊게 들어갈지 말지 시간 분배에 대한 판단력도 생긴 것 같아요.

지금의 응원단은 경기를 위한 응원뿐만 아니라 같이 즐기는 고대문화가 됐다고 생각해요. 응원단이 주최하는 행사가

정기전을 제외하면 우리끼리 응원곡으로 함께 응원하는 행사인 것만 봐도 알 수 있죠. 그렇기 때문에 응원단은 고대문화를 선도한다는 자부심만 가지고 있는 것이 아닌, 진정 고대문화를 어떻게 선도할지에 대한 고민이 많이 필요하다고 생각해요. 그게 없다면 그냥 응원곡에 맞춰 율동을 하는 단체가 된다고 생각합니다. 앞으로 응원단이 바람직한 방향으로 발전해나갔으면 좋겠어요.

고대응원단의 역할은 사회 기여,

문화를 만들어가는 것.

그것이 응원의 본질이 아닐까?

자신을 응원하되
자기애에는
깊이 빠지지 말자

이상훈

80년 부단장

(전)건설교통부 국장

어떻게 고대응원단에 들어가게 되었나요?

보성고등학교 1학년 때 폭력서클 같은 곳에 들어가게 되었는데 서클 선배들이 고대에 입학했어요. 제가 고대에 입학하자 그 선배들이 농악대에 들어오라고 권유하더라고요. 근데 저는 솔직히 농악대에 들어가기 싫어서 응원단으로 들어간 거예요. 그 선배들을 피하고 싶었죠.

저는 원래 스포츠를 좋아했었어요. 아마추어 야구, 농구, 아이스하키까지 여러 가지 운동을 정말 많이 하고 자랐죠. 대학 다닐 때도 아이스하키를 했었어요. 이렇게 운동을 좋아하다 보니 응원단활동은 굉장히 즐거울 거라 생각했었어요.

실제로 응원단 활동은 어땠나요?

이상하게 저는 단상 위에 섰을 때 긴장감이 없었어요. 담대함이 있어서인지 대학교 3학년 때 선배들이 낙점해서 응원단에서 훈련부장을 했어요. 항상 기운이 넘쳐나서 앉은 자리에서 불고기 10인분을 먹었을 정도였다니까요. 그 당시 응원단은 곧 아이돌이나 마찬가지였어요. 여학생들이 와서 사인해달라고 했을 정도였죠. 미팅이나 소개팅도 엄청나게 들어 왔어요. 그리고 응원도 여기저기서 가르쳐 달라고 해서 많이도 돌아다녔어요. 이대 5월 축제 응원경연대회, 3군 사관학교, 성북구청 등 구청별 대항전 등.

응원단 생활하면서 어떤 것을 느끼셨나요?

글쎄요. 너무 집단주의였던 것 같아요. 그것을 바꾸지는 못한 것이 끝내 아쉽고 허무하다는 생각을 한 적도 있습니다. 그런 고민을 하다가 응원단을 떠나간 사람들도 많았던 것 같아요. 상업적 관점에서 만들어졌던 입실렌티 페스티벌. 그저 대중문화의 빠른 흐름을 좇아가기 바빴습니다. 응원단은 고대의 정체성을 유지해줬던 부분은 분명 컸을 것입니다. 고대생들은 종교에 가까운 시스템에 들어와 있던 게 아닐까요? 고대인의 정체성 확보. 사회에 나와서 보니까 과연 좋은 것이었을까 싶어요. 밖에서 보는 시선은 좀 다를 수 있을 것 같아요.

응원단 활동 후에는 어떻게 지내셨읍니까?

졸업 후 곧장 군대도 안 가고 12년 동안 프랑스에 있었습니다. 고대 선배님의 권유로 가이드 라이센스 시험을 봐서 붙기도 했죠. 프랑스 사회학과 박사 논문을 쓰는데 지도교수 두 분이 연이어 돌아가시는 일이 있었고, 프랑스 수도원에 들어가기도 했고, 전공을 종교학으로 바꿔 종교철학을 듣기도 했죠. 하 싶은 거 다 하고 산 것 같아요.

그러다 아이가 태어나고, 먹고 살 일이 막막했던 32살... 아기 여권을 만들어주러 대사관에 갔다가 사무관 시험 공고를 우연히 보게 되고 50대 1의 경쟁률을 뚫고 들어갔어요. 그리고 귀국해서 건설교통부에서 근무했어요. 그러니까 36살에 건

설교통부에 들어가 22년을 근무하면서 국장까지 했으니까요. 고대응원단, 그 안에서 계속 성장했던 사람들과 달리 외부인으로 살면서 느낀 점도 참 많았습니다.

고대응원단은 앞으로 어떻게 발전해 나가면 좋을까요?

저는 고대응원단의 역할이 사회 기여, 문화를 만들어가는 것이라고 봅니다. 그것이 응원의 본질이 아닐까요? 선배들이 권위를 앞세우는 것보다 중요한 것이죠. 응원단은 고대 전통을 어떻게 계승해서 혁신할 것인가를 생각해야 할 것입니다. 지금 시대가 요구하는 윤리적 가치, 행위는 과거와 많이 달라졌습니다.

8년 전에 만들었던 모임이 있었는데 5년 동안 매주 모였었죠. 나이, 학벌, 직업, 정치적 이념 구분 없이 서로가 잘 어울렸습니다. 서로가 서로를 돕기 위한 모임이었고, 거기에 헤게모니나 목적은 없었지만 '응원'은 있었습니다.

응원의 가치를 사회로 끌고 나와서 어떻게 적용시킬까에 대한 본질적 고민. 서구사회와 달리 우리나라는 장소 중심적 사고가 있는 것 같아요. 본질적이지 않은 것에 크게 매달릴 필요 없다고 봅니다.

내가 고대를 다녔기 때문에, 고대응원단을 했기 때문에 얻은 경험의 영역은 분명 존재하지만, 나도 모르게 경험의 영역 안에 머무르게 만드는 측면이 있어요. 인간은 머무르는 것을 경계해야 할 것 같아요. 그러기 위해서 나를 위한 응원이 필요한 것이겠죠. 자신을 응원하되 자기애에 너무 빠지지는 말자. 선배로서 후배들에게 이렇게 말해주고 싶어요.

인생 자체가 응원이었고

앞으로도 그렇게 살아갈 것.

나 자신을 응원하고, 세상을 응원하는

그런 세상을 그린다.

응원단의 미운 오리 새끼, 프로응원의 전설이 되다

김정환

92년 정기전 부단장
문화컨텐츠 기획연출가

고대 입학 전에는 어떤 사람이었나요?

초등학교 6학년 때 아버지와 TV로 우연히 고연전 농구를 봤어요. 그때 처음 이충희 선수를 봤는데 신기하게도 슛만 쏘면 골대에 공이 다 들어가더라고요. 그 당시 사촌 형이 인하부고에서 배구선수로 활동을 했는데 아버지가 "저 선수 네 사촌 형과 많이 닮았네?"라는 말을 하셨어요. 그러고 보니 사촌 형과 이충희선수가 너무 똑같다는 생각이 들었어요. 그때부터 나도 모르게 이충희 선수가 속한 고대를 응원하고 있더라고요. 카메라가 응원단을 잠시 비췄는데 너무 멋진 거예요. 그때 나중에 대학에 가게 되면 응원단을 해야겠다는 생각을 했고, 운동회나 체육대회에서 응원할 일이 있으면 앞에 나서게 되었어요. 지금 와서 생각해 보면 저는 초등학교 때부터 교회에 다니면서 크리스마스나 부활절 행사 준비 같은 것을 하면서 예능적인 트레이닝이 좀 되었던 것 같아요. 그리고 태권도와 웅변도 나중에 응원단 활동에 도움이 되었죠.

어떻게 응원단에 들어가게 되었나요?

고대에 입학하고 신입생오리엔테이션 때 어릴 때부터 응원단에 들어가고 싶어 하던 내 꿈이 떠올랐어요. 그래서 응원단에 지원했지만 입단 테스트에서 떨어지고 말았죠. 그때의 실망감은 이루 말할 수가 없었습니다. 과 선배들과 이런 아쉬움을 이야기하다가 한 선배가 "그렇게 고연전에 참여하고 싶으면 '농악대'에 들어가라는 조언을 듣고 농악대에 들어갔어요. 그때 저는 농악대가 이념서클이라는 걸 몰랐어요. 점차 현시대의 부조리와 광주학살 문제 등을 알아가면서 조금씩 사회주의 혁명에 빠지게 되었지요. 2학기 때쯤에는 데모할 때 나도 모르게 맨 앞에 서 있더라고요. 뭔가 투사가 되어가고 있었습니다. 그러다 87년도에는 데모를 하다가 많이 잡혀갔어요. 그 후 6.29 선언이 나왔을 때 전 오히려 여러 가지 상황과 사회 분위기에 실망하고 군대에 가려고 휴학을 했어요.

민주화운동 당시 전 인천에서 활동했었어요. 그러던 어느 날 학교에 갔다가 우연히 응원단실에 들렀었는데 선배님들이 반갑게 맞아 주셨어요. 그때 시국이 좀 어수선하고 응원단 86 동기들도 거의 없더라고요. 새내기 87학번들은 제가 응원단 선배인 줄 알고 선배 대우를 해 주더라고요. 그런데 사실 저는 응원단이 아니라서 약간 멋쩍긴 했지만 단장님(82학번 안해진)을 비롯한 형님들이 "부담 갖지 말고 자주 와라." 다정하게 말씀해주셔서 시간이 날 때마다 응원단을 찾아가게 되었습니다.

군대 갔다 복학한 후에는 정말 학교 다니기가 싫었어요. 심리적으로 힘든 시간을 보냈었죠. 그런데 이런 이념적인 생각으로 머리가 복잡할 때면 항상 생각나는 것이 응원단이었어요. 그래서 응원단으로 발길을 돌리는 시간이 많아졌죠. 그러다 현수막도 달고 나중에는 온갖 허드렛일을 다 하게 되었어요. 그러면서 조금씩 마음이 치료되어 가는 걸 느꼈어요. 저는 응원단과 사람들이 그냥 좋았던 것 같아요.

응원단에서 어떤 활동을 했나요?

처음에는 필요한 일손을 돕는 일을 하다가 보조마이크 일명 이빨 밴드를 이상목 후배(87학번)와 같이 쿵짝이 맞아서 많이 했어요. 오히려 제가 그 후배에게 많이 배웠었죠. 지금도 그렇지만 그때는 응원단 현단원은 아니었지만, 응원단을 돕는 기획진(찬밥)이나 미등록(?) 인원들이 좀 있었어요. 응원단의 비정규직 같은 존재라고 할까요?

한번은 잠실 정기전 때, 제가 응원단 현수막과 교기를 다는 역할을 맡았어요. 현수막은 대충 연대랑 크기도 비슷해서 괜찮았는데 문제는 교기였죠. 연대는 5m 교기를 많이 걸었는데 고대는 수량이 적고, 우리 교기를 또 제작할 수도 없으니 많이 남는 3m 교기를 관중들에게 잘 보이도록 전광판 밑에 달아야겠다는 생각을 했죠. 아시다시피 경기장에서 사람들이 제일 많이 보는 곳이 전광판이잖아요. 그 날 전광판 밑에서 빛나던 고대 교기가 참 자랑스러웠는데...

그러다 정기전 축구장에서는 “빨강판”을 잡게 되었어요. 응원곡 제목을 큼직하게 써서 상황에 맞게 빨리 음악 선곡을 할 수 있도록 만든 빨강판은 정식 명칭이 기획판인데 일종의 작전 지휘판 같은 것이죠. 저로서는 큰 영광이었습니다. 제가 응원단으로 인정받고 있다는 느낌을 받았습니다. 그런데 나의 이런 모습을 못마땅하게 여기시던 선배 한 분이 저를 부르더라고요. “너는 응원단이 아니니까 어디 가서 응원단이라고 하지 마라”라고 말씀하셨어요. 저는 그 날 옥상으로 올라가서 못

마시는 술을 소주 두 병을 마시고 있는데 88학번 후배들이 달려왔어요. "ㅇㅇ형님이 난 응원단이 아니라고 하시더라. 그럼 "나는 뭐냐". "나는 응원단 자원봉사자구나"라고 하소연을 하며 엄청 울었죠. 그때 후배들이 저를 안으면서 "형이 왜 응원단이 아니야. 형은 우리가 좋아하고 존경하는 진정한 응원단이 맞아요"라며 따뜻한 위로를 해주더군요. 얼마나 고마웠던지... 그 날 이후 서러움을 툭툭 털어내긴 했지만, 항상 내 맘속에는 '난 응원단인가? 아닌가?' 이런 생각을 많이 하게 되었습니다. 아마 그때의 충격이 컸던 모양입니다.

그러다 1992년 정기전에는 야구장, 농구장, 아이스하키장 3곳에서 열렸기 때문에 인원이 부족했어요. 그래서 회의를 통해 찬밥 중에서 몇 명을 단원으로 복귀시키기로 결정했습니다. 이 기회에 저를 단상에 세워서 정식 응원단으로서 그동안의 짐을 내려놓을 수 있도록 하자는 안건이 나왔다고 해요. 결국, 뜻 있는 형님들께서 강력하게 주장하시어 관철시키게 되었고, 그 상황을 저의 1학년 당시 단장님이었던 83학번 조병선 형님께서 설명해 주셨고, 잘 준비하라고 격려도 해주셨죠. 정말 가슴 떨리던 순간이었어요. 그 후 정식으로 동작 훈련을 하게 되었었죠. 그전에는 혹시 나에게도 기회가 올지 모른다는 생각에서 가끔 응원단원들이 훈련할 때 몰래 뒤에서 동작을 따라 하곤 했는데 그때부터는 함께 훈련하게 되어 얼마나 좋았는지 몰라요. 그리고 드디어 정기전 단상에 서서 응원을 리드하는 영광의 순간이 만들어졌었죠.

정말 파란만장한 응원단 생활을 하셨네요. 그 후 프로스포츠 응원을 이끈 최초의 인물이라는 평이 있던데요.

최초는 아니고요. 패턴을 만들고 정착시켰다고 할까요. 91년부터 아르바이트로 OB 베어스 응원을 했어요. 그 당시에는 프로야구 응원은 정착이 안 되어 레크레이션에 가까웠어요. 그리고 또 아르바이트로 SBS 특채 개그맨도 하고, 프로그램 아이디어맨, FD 역할도 했어요. 초등학교 대항전 형식의 퀴즈 프로였는데 학생들에게 응원지도도 하고, 팀 대항 게임을 만들어 주기도 하고, 리허설도 대신 해주고, 지금의 외주 기획사 역할 같은 걸 했다고 보면 되어요. 그러다 결국 OB 베어스 응원하는 일로 돌아섰어요. 방송국보다는 당장 더 잘할 수 있는 응원을 선택했던 거죠. 응원 자체를 즐겼으니까요.

몇 년 동안 하위권이던 OB 베어스가 93년도에는 성적이 좋았어요. 신나게 했죠. 팬들도 신났었죠. 그때 강영수라는 홈런을 제법 치던 타자가 있었는데 이 사람의 이름을 넣어서 노래를 불렀는데 이걸 사람들이 신나게 따라 했어요. 그것이 우리나라의 최초 리듬응원이었죠. 요즘도 유명 선수들에게 '등장송' 또는 '선수송' 같은 것이 있는데 이것이 여기서 시작된 거죠. 하나의 레퍼토리를 집단응원으로 정착시키기가 쉽지 않았어요. 당시 인기 선수별로 하나씩 만들기 시작했는데 몇 년이 지난 95년도 즈음에나 정착되기 시작했으니까요. 그해 두산베어스의 전신인 OB 베어스가 감격의 우승을 차지한 것이 정말 잊혀지지 않아요.

이후에는 프로축구 응원 컨설팅도 하고, 프로농구가 생기면서 자연스럽게 회사를 설립하여 스포츠 전문대행사의 길을 가게 되었죠. 프로배구는 제가 실업배구연맹 대행을 한 5년 했는데 그때 사무국하고 저의 작품으로 탄생했다고 봐도 된다고 생각을 해요. 응원단 출신이라는 사명감 때문에 모든 일이 쉽지 않았습니다. 하나를 하더라도 남들보다 더 잘해야 한다는 생각 때문에. 특히 응원과 관련된 일을 하면 더욱더 잘해야 하고, 만약 내가 응원단장의 역할을 수행하는 프로젝트면 더욱 그랬고, 현장에서는 내 몸이 부서질 정도로 온 힘을 다하고 혼을 실어서 응원을 했습니다. 왜냐하면, 제 뒤에는 항상 "고려대학교 응원단" 출신이라는 꼬리표가 있었기 때문이죠. 그래서 너무 힘들었습니다.

한 예로 SBS가 생기고 개국 당시 운 좋게 프로그램에 고정 출연을 했는데 제가 존경하는 어느 형님께서 “네가 심형래 정도 탑이 될 때까지 고대응원단 출신이라고 팔지 마라” 하는 말씀을 하셨습니다. “그래야 너도 살고 응원단도 산다.” 이렇게 저에게 말씀하셨죠. 한편으로 생각하면 당연히 이해는 갔지만. 한편으로는 서운했습니다. 왜냐하면, 그때는 제가 정기전에 정식으로 단상에 서기 전이었거든요.

그 이후부터 더욱 신경을 쓰면서 살았던 것도 사실이고, 사업상 영업을 할 때도 혹시나 누가 되지 않을까 해서 고대응원단 출신이라는 것을 먼저 이용해서 영업한 적이 없어요. 나중에는 다들 알게 되었지만. 열심히 하다 보니 프로야구, 프로농구, 프로배구, 프로축구 등 많은 구단들의 대행을 했고, 우승도 많이 했죠. 그것도 서울구단, 대기업구단 등 메이저 구단들이었죠. 자랑이지만, 여담으로 제 회사가 아주 잘나가던 시기에 제일 많은 구단을 대행하던 시즌은 연맹, 협회 포함해서 1년에 14개를 했더라고요.

앞으로 어떤 계획이 있으신가요?

사실 자화자찬이지만 대한민국의 현재의 응원문화에 많은

기여를 했고, 실질적으로 현재 펼쳐지고 있는 프로야구, 프로농구, 프로배구 거기에 프로축구까지 거의 제가 만든 응원 패턴 및 이벤트 패턴으로 운영되고 있다고 해도 과언은 아니죠. 하지만 아는 사람만 알고 거의 모든 사람이 모르고, 별 평가도 못 봤고 있죠. 그것은 응원에는 저작권이 없기 때문이죠. 오늘 내가 했으면 내일이면 상대 팀이 따라 하니까요.

이제 새로운 분야에서 응원에 쏟았던 열정을 붓고, 새로운 도전을 위해 지금은 미래를 준비하고 있습니다. 대한민국을 대표하는 문화콘텐츠 퍼포먼스 다시 말해 대한민국 대표 공연을 만들고 싶습니다.

평창올림픽에서 개폐회식 문화공연팀에서 종합리허설 운영 담당을 하면서 더욱 더 굳힌 맘인데요. 그때는 운영 담당이기 때문에 공연 내용이 맘에 안 들어도 연출이나 안무 등 저의 영역이 아닌 분야에 대해서 담당하는 다른 전문가 또는 감독들에게 뭐라 할 수 있는 처지가 아니었지요. 평창올림픽 개폐회식에 대해서 일반적인 평가는 나름 저예산에 좋은 문화행사였다. 성공적이다. 이렇게 평가하고, 한 발 더 나가서 일반인들은 '엄청나다'의 국뽕에 취한 듯한 평가를 하는 것을 봤었지요. 하지만 제가 평가한다면 한 60점. 겨우 낙제를 면한 정도의 수준이랄까? 저예산의 열악한 수준과 그때 당시 급박하게 돌아가던 남북화해 무드 등에 대한 발 빠른 대처 등은 평가를 받아야 하지만, 부족하고 아쉬운 부분이 너무 많죠. 저예산이다 보니 그리는 그림이 커도 장비의 기술력이 따라주질 않아서 잘 연출되지 않았던 부분도 있었지만, 세계가 지켜보는 올림픽 개폐회식인데 아무리 저예산이라고 해도 기존의 올림픽 개폐회식에 비하면 정말 아쉬움이 많습니다. 저의 예술적 감각을 중요 행사에 참여했어도 하나도 펼치지 못한다는 것이 너무나 안타까웠죠. 그래서 예전부터 꿈꾸던 대한민국을 대표하는 문화콘텐츠공연을 만들겠다는 의지를 더욱 굳건히 했죠. 그리고 지금은 그 꿈을 향해서 하나씩 하나씩 매진하고 있습니다.

끝으로 하고 싶은 말씀 있으세요?

막연한 응원과 응원단의 동경심에서 고대응원단에 들어갔지만, 응원단 생활은 저의 인생에 많은 영향을 끼쳤던 것 같아요. 인생 자체가 응원이었고 앞으로도 그렇게 살아갈 것 같아요.

저는 어릴 적 많은 경험이 축적되어서 응원단 활동과 사업을 하는데, 도움이 되었듯이 앞으로는 그동안의 응원단의 경험과 사업의 경험을 바탕으로 한 단계 더 도약하는 제2의 인생을 설계하고 싶고, 그렇게 준비하고 있습니다. 그 중심에는 고대 정신과 고대응원단 정신이 항상 있습니다.

그런 말이 있죠 '열심히 하는 것도 중요하지만 잘해야 한다'는. 이 말 속에는 무조건 결과를 만들어야 한다는 것이지만. 저는 그것보다는 결과가 만들어지지 않아도 열심히 했다면 용서할 수 있다고 봅니다. 열심히 하면 반듯이 좋은 결과도 따라오게 되어있죠. 응원단 후배들과 이 글을 읽는 모든 분에게 말씀을 드리자면 항상 주어진 환경에서 최선을 다하다 보면 좋은 결과는 따라온다는 것을 명심했으면 좋겠습니다.

내가 최선을 다했는가를 항상 돌이켜 보면서 또한 잘 해야 합니다. 열심히! 잘! 프로 정신을 갖고 살아간다면 분명 성공한 삶을 이루어 낼 것이라 믿어 의심치 않습니다. 저를 포함한 모두에게 파이팅!!!

나 자신을 응원하고, 우리를 응원하고, 국민을 응원하고, 민족을 응원하고, 세상을 응원하는… 함께 응원하며, 서로에게 힘을 주고, 용기를 주며, 행복하게 살아갈 수 있는 그런 세상을 그리면서 미래를 함께 살아갔으면 좋겠습니다.

보이지 않는 곳에서 최선을 다하는 단원들

결국, 응원단의 주인공은

아주 작은 역할이라도 최선을 다하는

그들일 것.

나의 작은 역할은 너무나도 크다

최지욱

96년 부단장

학원 강사

응원단에 들어간 계기는 무엇인가요?

저는 고등학교 때 전교 학생회장을 했습니다. 그래서 많은 선생님과 학생들의 주목과 관심을 받았고, 사랑도 받았죠. 그래서 대학에 가게 되면 모교를 위해 내가 작은 힘이나마 무언가를 꼭 해야겠다고 다짐을 하였습니다. 그러다 마침 고3 때 학교에 핸드볼부가 창단되었는데, 응원이라는 것을 해 본 사람들이 없어서 선수들에게 도움을 주지 못해 안타깝다는 생각이 들어서 그때 다시 그 다짐을 굳히는 계기가 되었습니다. 대학생이 되면 응원단에 들어가서 응원을 제대로 배워 고등학교 후배들에게 알려 주어야겠다고...

응원단이 있는 대학교 중에서 고대를 선택한 특별한 이유가 있나요?

이런 말씀을 드리면 고대 교우들에게 죄송하지만, 고등학교 때까지는 연대를 가고 싶어 했습니다. 연대의 세련된 이미지가 더 멋있어 보이더라고요. 그런데 원서 쓰던 날 학생부장 선생님께서 "너는 고대로 가야 한다." 라고 하시는 거예요. 연대를 쓸까, 고대를 쓸까 망설이던 나는 은사님의 말씀에 따르기로 했고 마침내 고대에 입학하게 되었습니다. 그 선생님도 고대를 나오신 분인데, 저와 고대가 잘 어울리기에 추천하셨다고 생각합니다. 물론, 입학 후 그 선택이 옳았다는 것을 많은 것에서 느낄 수 있었습니다. 세련된 이미지보다 정으로 똘똘 뭉친 고대가 훨씬 좋았죠.

그래서 목표는 이루셨나요?

고등학교에 첫 응원단이 생기는 것이기 때문에 준비할 것이 많았습니다. 응원곡으로는 어떤 노래를 선택하면 좋을지.. 선정한 응원곡에는 어떤 동작을 넣으면 좋을지..., 인원은 몇 명이 필요하며, 조직은 어떻게 구성하면 좋을지..., 막상 하려고 하니 많은 것이 힘들었습니다. 응원곡을 선정하고, 동작을 하는 것이 많이 서툴고 부족했습니다. 자기의 위치와 역할을 정하는 것도 우왕좌왕했습니다. 하지만 그보다 더 힘들었던 것은 응원을 바라보는 자세나 열정을 알려 주는 것이었습니다. 그것은 단지 1학년 단원에 불과했던 제가 고등학교 후배들에게 알려줄 수 있는 수준이 아니었습니다. 제가 할 수 있었던 것은 훈련할 때나 단실 생활을 하면서 들었던 선배님들의 경험과 이야기를 잘 정리해서 그대로 후배들에게 전해 주는 것뿐이었습니다.

그런데 그 얘기들이 후배들에게는 도움이 되었나 봅니다. 응원이 무엇인지 생각하는 계기가 되었다고 합니다. 후배들의 응원은 어느 순간부터 조금씩 체계가 잡히더니 어느 순간부터는 잘 움직인다는 느낌을 받았습니다. 응원단에서 중요한 것은 기술적인 면보다 정신적인 면이라는 것을 다시 한 번 느끼는 순간이었습니다. 멋진 동작을 하게 만드는 것보다 응원을 진지하게 바라보는 계기를 주었다는 것에 뿌듯함을 느꼈습니다. 그것만으로도 목표를 이루었다고 할 수 있겠죠?

응원단은 응원을 리드하는 사람인데, 응원하는 건 어땠나요?

너무너무 신났죠. 응원은 하나의 목표를 갖고 있는 사람들이 하나가 되는 것이잖아요. 그들을 하나로 만드는 가장 중요한 사람이 저희들이니까 대단히 뿌듯했죠. 그런데 그 자리에 오르기까지 저희가 쏟았던 땀과 눈물은 다른 사람들은 잘 모를 거예요. 땡볕에서 땀을 뻘뻘 흘려가며, "고대 고대"를 외치며 훈련하는 그 힘든 과정이 없었다면 그 자리에 오르지 못했을 겁니다.

응원단에서 특별히 배운 건 없나요?

정기전은 고대와 연대의 가장 중요한 행사 중의 하나입니다. 수많은 재학생과 졸업생, 교수님과 교직원, 또 그들의 가족까지 모두가 한자리에 모여 응원을 합니다. 그중에서도 응원단장은 응원단을 이끄는 사람이기에 많은 사람의 주목을 받습니다. 응원단 단원들은 누구나 응원단장이 되어 응원단을 이끄는 모습을 꿈꿀 것입니다. 물론, 저도 그 꿈을 꾸었고요.

그런데 저는 그것과 달리 특별하게 느낀 게 있어요. 큰 조직이 그 큰 행사를 하기 위해서는 응원단장과 같은 구심점도 중요하지만, 보이지 않는 곳에서 최선을 다하는 많은 단원도 중요하다는 것입니다. 밤을 새워가며 현수막을 설치하고 지키는 단원, 응원하는 단원들을 위해 수건과 물을 챙겨주는 단원, 여기저기 이것저것 들고 뛰어다니는 단원..., 이런 단원들과 그들의 헌신이 있기에 응원단이 돌아가는 거죠. 이렇게 배운 것은 사회생활을 하면서도 많은 도움이 되었습니다. 내가 하는 일이 아무리 작아 보여도 그 일은 무척 소중하다는 것이지요. 결국, 응원단의 주인공은 아주 작은 역할이라도 최선을 다하는 그들일 것입니다.

응원단은 리더십이 중요한 역량일 텐데요. 리더십은 많이 배웠나요?

리더십은 응원하는 사람들을 리드하는 거라고 생각하지만, 저는 좀 더 다른 측면에서 생각해 봅니다.

응원단은 큰 단체이기에 외부 사람들을 리드하는 것도 중요하지만, 더욱 중요한 것은 내부 구성원들을 리드하는 것입니다. 외부 사람들을 리드하는 것은 선배들의 가르침과 훈련 속에서 자연스럽게 익히겠지만, 내부 구성원들을 리드하는 것은 온전히 자기의 몫이라고 생각합니다. 그 과정에서 존중이 오가기도 하지만, 상처를 주고받는 경우도 있을 겁니다.

또한, 큰 행사를 잘 해내기 위해서는 부드러운 리더십과 엄한 리더십의 조화가 필요합니다. 잘했는지는 몰라도 경험했다는 것만으로도 좋았던 기억입니다.

응원단에 바라는 점이 있을까요?

지금껏 잘 해왔고, 앞으로도 잘할 거라 믿습니다. 화려한 주목을 받는 이들도 중요하지만, 작은 역할이라도 최선을 다하는 이들의 노고도 잘 기억했으면 합니다.

이것은 응원단에 바라는 점에 대해 처음 한 말입니다. 제 이야기를 들으시고 작가님께서 이 부분을 좀 더 깊이 있게 말해달라고 하셨습니다.

응원단에는 학창시절 전부를 응원단을 위하여 애쓰신 분들, 응원을 고민하고 연구하고 조사하는 일에 매진한 분들, 그런 분들이 많기에 제 말은 티가 나지 않을 거로 생각했습니다. 그래서 "차라리 이 부분을 빼는 게 어떨까요?"라고 말씀을 드렸습니다. 그러자 작가님께서 "물론 다른 분들께서도 좋은 얘기를 많이 써주셨지만, 최지욱 님만의 뭔가가 나올 것 같아서요."라는 말씀을 하셨습니다.

뭔가 생각에 잠기게 한 말이었습니다. 저를 다시 돌아보게 하였고, 응원단에 바라는 점을 다시 생각해 보았습니다. 응원단에서 나는 작은 존재였고, 작은 역할을 한 사람일 수도 있겠으나, 외부에 있는 분들은 대단하고 특별한 사람으로 볼 수도 있겠구나.

위치가 낮고, 하는 일이 작은 것 같아도 그 일을 맡아서 해 온 구성원들이 있기에 응원단이 존재한다고 생각합니다. 작은 역할을 하는 구성원들 하나하나가 모여서 응원단을 이루는 것이구나 하는 생각을 하였습니다.

어떤 위치에 있고, 어떤 역할을 하는지에 상관없이 응원단에 소속된 것만으로 우리는 충분히 박수받을 자격이 있다고 생각합니다. 응원단으로서 우리는 너무도 멋진 일들을 해냈습니다. 한 명 한 명이 모두 소중합니다. 그러니 자부심을 갖고 힘내시길 바랍니다. 파이팅!

한국 가요에 한국 역사가 있는 것처럼

고대 음악부에도 고대의 역사가 있다.

단장단만이 응원의 역사를 이끌어나간 게 아니다.

응원의 역사는 우리가 만들어가는 것이다

이의복

06년 음악부장
교보생명 재직 중

어떻게 응원단에 들어가시게 되었나요?

90년대 중후반 유명했던 TV 드라마 '마지막 승부'를 정말 재밌게 봤습니다. 당시 사람들은 농구에 관심이 많았습니다. 남동생은 연대 팬이고 저는 고대 팬이었습니다. 그러면서 자연스럽게 고대에 대한 동경심이 생겼죠. 2001년에 고대에 입학하고 응원 OT 행사에 참여도 했지만, 당시에는 응원단 자체보다는 밴드에 관심이 있어서 동아리 활동을 하며 기초를 배우고 있었어요. 그러다가 응원단 음악부에서 2차로 추가모집을 한다고 해서 음악부로 지원했죠. 그때는 고대응원단 음악부, 그러니까 지금의 엘리제가 생겨난 해라 시스템이 전무후무했었어요. 그래서 면접이나 오디션 그런 것도 없었습니다. 그 당시 부단장이었던 선배의 말씀은 웃으면서 "열심히 해라." 그게 전부였습니다.

선배님들께 세종캠퍼스에서 존재했던 '빛과 그림자'라는 응원단에 대해 많은 이야기를 들었습니다. 안암캠퍼스와 세종캠퍼스의 응원단이 1999년 통합되기 전까지 세종에는 '빛과 그림자'라는 응원단이 존재했었고, 정기전에 참여하지는 못했다고 합니다. 안타까운 이야기지만 고대 안암과 세종 사이에 보이지 않는 갭이 있었던 것 같아요. 실제로 '빛과 그림자' 내부에서도 99년 응원단 통합 문제를 놓고도 반대가 많았다고 합니다.

반대하는 사람들의 이유는 무엇이었나요?

'빛과 그림자' 입장에서 고대응원단의 행사는 '남의 행사'였다는 느낌이 있었던 겁니다. 세종 출신으로 고대응원단에서 활동한 몇몇 선배들을 제외하면 대다수 세종 학우들의 생각이 그랬습니다. 두 단체가 통합되고 하나의 이름으로 '고대응원단'이 되긴 했어도, 현실적인 상황이나 마음속에서는 '다른 응원단'이었던 것 같습니다. 그때는 그랬습니다.

저에게는 2차로 단원으로 뽑혔기 때문에 01년도 정기전에 참여한 것이 응원단의 첫 행사였습니다. 2001년은 고대응원단 음악부(현재 엘리제)가 처음으로 활동한 해였습니다. 저는 고작 3개월만 연습하고 정기전에 나서게 되었습니다. 그러다 보니 첫 정기전에는 제대로 서 보지 못해 참 힘들었던 기억이 납니다. 정기전이 끝나고 음악부 선배와 동기들이 각자의 개인적인 이유로 응원단 활동을 멈추게 되면서 저 홀로 2002년 음악부 단원으로 남겨지게 되었어요. 응원단 음악부원으로서, 때로는 제 자신과 외로운 싸움을 했던 시기였죠.

연대와 고대의 음악에는 어떤 차이가 있었나요?

연대에는 <소나기>라는 밴드가 있어요. 대중적이고 모던한 응원곡을 연주하는 밴드였죠. 반대로 우리 고대는 무겁고 웅장한 위주의 응원곡이 많았어요. 제가 봤을 때는 이러한 분위기의 응원곡이 고대스러운 응원곡이다는 인식이 커서 혁신적인 게 없었어요. 그래서 제가 2006년도에 음악부장을 하면서 기존 고대 응원곡의 분위기를 바꾸려고 노력했어요.

제가 음악부장을 할 때는 한 사람, 한사람이 중요했던 시기였습니다. 하지만 능력이 있는 친구라면 어떻게든 끌어와야 하는 상황이었죠. 인원 부족 문제는 늘 겪었던 일이라 후배들에게 도와달라고 하고, 선배들에게도 손을 빌리면서 어떻게든 임시변통으로 해결했습니다. 이런 식으로 계속할 수는 없겠다는 생각이 들 때쯤, 00학번, 김OO이라는 친구가 지원했습니다. 오디션을 봤을 때 훌륭한 기타실력에 모두 찬성했고, 인재가 들어왔다고 환호성을 질렀죠. 그리고 그 후배를 기타 세션으로 뽑은 순간, 한가지 문제가 있었습니다. 그 당시 1학년이었던 이 후배가 당돌하게 저에게 한 가지 조건을 걸었는데요. 1학기 기말고사가 끝나고 유럽여행을 갔다 와야 하니 8월 말부터 참여할 수 있다는 것이었죠. 음악부라도 여름 훈련 참여가 필수였는데..., 저는 이 후배의 실력과 믿음을 가지고, 단장님의 반대를 무릅쓰고 끝까지 보호했죠. 그런데 정말 이 후배가 유럽여행 끝나고 돌아와서는 응원곡 60곡을 단 열흘 만에 마스터하는 걸 보면서 음악부의 보배를 찾았다는 안도감이 들었어요.

다른 사람이 뭐라 하던 실력으로 증명한 거군요.

실력도 실력이었고, 음악에 대한 퀄리티에도 고집이 있었습니다. 정기전에 연대 밴드인 <소나기>랑 붙어서 경쟁을 하는데 기타 앰프가 마음에 안 든다고 행사 못 뛴다고 했던 친구였습니다. 행사 시작 몇분 전에 앰프를 교체해줬죠. 기본기로 압도할 정도로 음악적인 재능과 자부심이 강했습니다.

고대와 연대 밴드 간에도 경쟁이 있었어요. 양교 단장단도 기선제압을 하지만 밴드도 기선제압이 있습니다. 기선제압이 가장 안 되는 곳이 빙구장이였습니다. 수년간 지다 보니 고대생에게는 가장 인기 없는 정기전 경기였고, 단장단도 가기 싫어했던 종목이었죠. 그러다 보니 고대에서 반쯤 맘을 놓은 느낌도 있었습니다. 정기전이 열리면 농구장, 야구장, 빙구장을 동시 세팅해야 하는데 인원이 안되다 보니 빙구장은 늘 응원곡 CD만 틀어놓기도 했을 정도입니다.

그러나 지금은 상황이 180도 달라졌습니다. 그 이유는 라이브로 부르는 엘리제의 역할이 컸던 것 같습니다. 요즘은 농구장, 야구장은 현단원이 가고 빙구장은 경험이 많은 OB(기획진)들이 가서 연주를 합니다.

응원단에서 음악부장을 하면 그만큼 개인 시간도 많이 뺏기고 할텐데 학교에서 뭔가 대우를 해 주는 게 있었나요?

그런 건 없었습니다. 음악부장이라고 해서 무슨 대우를 받은 건 아니었습니다. 다만 모든 음악부장은 자기가 만든 곡을 한 곡 남기고 가고 싶어 해요. 자기가 만든 곡이 계속 연주되길 바랐던 거죠.

음악부 내부에서 일종의 빌보드 차트가 있습니다. 곡들을 보통 A~C급으로 분류하는데 A급 곡은 템포가 빠르고 주로 농구장에서 연주합니다.

한국 가요에 한국 역사가 있는 것처럼 고대 음악부에도 고대의 역사가 있어요. 단장단만이 응원의 역사를 이끌어나간 게 아닙니다. 프로구단 응원단만 해도 그렇죠. 프로구단들의 응원가는 고대나 연대 음악을 벤치마킹 및 편곡해서 쓰는 것이 많습니다. 영향을 주고받는 거죠. 하지만 민족의 아리아를 LG에서 저작권을 등록하려 했던 일이 있어서 고대에서 반대했던 일도 있습니다. 현대 사회는 저작권이 중요해진 시대입니다. 응원도 저작권이 필요한가에 대한 고민이 들더군요. IPSELENTI는 저작권 등록을 하기도 했습니다. 물론 이는 돈을 벌겠다는 의미가 아닌, 모두가 만들어낸 가치를 지키기 위한 방법으로 선택된 것입니다.

고대 응원단에서 음악부를 하기 잘했다고 생각하셨던 때가 있으신가요?

고려대학교에는 매 학기 200명의 외국인 학생들이 찾아옵니다. 그래서 KUBA(고려대학교 교환학생 교류회)라는 모임도 있죠. 저는 이 모임에서 활동을 하면서 정기전 때 외국인들을 대상으로 응원 오리엔테이션을 하기도 했습니다. 영어로 가사를 바꿔서 가르쳐 주기도 하고, 응원전에 함께 가기도 했습니다. 이렇게 한번 고연전을 경험한 이후 정기전을 보기 위해 티켓을 구해 한국을 다시 찾아온 사람도 여럿 있었습니다. 그때 큰 보람을 느꼈습니다. 보통 고연전은 한국 사람들만이 이해할 수 있는 응원문화라고 생각합니다. 하지만 이런 전통은 외국인들에게도 충분히 전달되었다고 봅니다. 그리고 시간이 지나도 우리가 만든 응원곡이 사람의 마음을 움직일 수 있다면, 당장은 고생이어도 의미 있는 시간일 것입니다.

10월의 크리스마스

정호교

82년 응원단장

한국콘텐츠진흥원 재직 중

70,80년 대의 연말에는 온통 거리에 '징글벨'이 가득 울려 퍼졌어요. 이 징글벨을 고대에서 고연전 아이스하키 맞춤형 응원가로 만들어 불렀던 적이 있었습니다. 이런 맞춤형 응원가가 연대에는 없었으니 속이 상할만하지 않았겠어요?

이 징글벨의 위력을 81년도 정기 고연전 때 한 번 느껴본 적이 있었습니다. 시국이 어수선하다 보니 그 해는 10월 말에 고연전이 개최되었어요. 늦가을이었지만 때 이른 추위로 동대문운동장에는 칼바람이 불었습니다. 고연전때 양교에서는 라디오방송을 경기장에서 틀었는데 방송의 재미를 위해 광고를 패러디하여 상대를 비방하거나 우스갯거리로 만들곤 했죠.

한번은 연대의 방송 중에 이런 내용이 나왔어요. "고대생들은 크리스마스 때나 부르는 징글벨을 시도 때도 없이 아무 때나 부르는 철부지 아이들이다". 근데 방송이 나오는 도중에 갑자기 하늘에서 눈이 내리기 시작하는 거예요. 고대 응원석이 들썩거리기 시작하면서 '징글벨'로 응원의 서막을 열었으니..., 그렇게 우렁차고 신나는 징글벨 떼창을 이후로는 들어본 기억이 없어요. 멋진 라이벌인 연대 덕분에 철모르는 고대가 아니라 시운을 몰고 다니는 고대가 된 것이죠.

기상관측이래 서울에 가장 첫눈이 이르게 온 때가 바로 1981년 10월 23일이었으니 하늘은 고대 편임을 확실히 증명한 날이 아닌가 싶어요. 다시 한 번 그 날과 같은 가슴 뜨거운 순간을 우리가 맞을 수 있을까요?

축제 기간에 생긴 응원단 제명 사건

박성진

87년 부단장
자이스코리아 재직 중

1986년, 2학년으로 조단장을 맡고 있던 나는 응원단의 강제적인(?) 음주 문화를 너무나 싫어했다. 1986년 5월 고대 축제기간에 고대 응원단 선배와 연대 응원단의 친선 방문으로 응원단실 앞마당에서 전체 회식을 하던 중, 술 실력도 연대에 질 수 없다는 선배들의 보이지 않는 강요(?)로 무지막지하게 음주를 강요당하다가, 불현듯 이런 강제적인 분위기가 아닌 정말 자유로운 분위기에서 술을 마시고 싶다는 생각이 들었다. 이때 응원단 동기인 김정석(경영 '85)도 같은 생각을 하고 있어, 회식 중간에 아무 얘기도 하지 않고 잠적하여 단둘이 학교 앞 막걸리 집에서 신나게 술을 마셨다. 이미 둘 다 너무 취해 있어 응원단의 규율 따위는 이미 잊은 상태였고, 자유로운 음주 분위기를 최대한 만끽하고 있었다. 이제 술값을 계산하고 나오려는데, 마침 둘 다 돈이 없어서 학생증과 손목시계를 대신 맡기려고 하니 막걸리집에서 받아주질 않는 것이다. 당시 학교 앞 술집들은 학생증을 맡기면 언제든 술 한잔 걸칠 수 있는 분위기였다. 그런데 그때가 축제기간 중이라 타교 학생이 너무 많아 학생증을 잡아 주질 않았던 것이다.

이에 정석이와 나는 눈 한번 마주치고 그냥 도망을 치기 시작했다. 주인아주머니가 “저놈 잡아라” 하고 소리치는 소리가 들렸지만 우리는 뒤도 돌아보지 않고 그냥 냅다 달리기 시작했다. 그러나 의협심에 넘치는 두 명의 고대생들이 우리를 추격하기 시작했고, 몸도 가누기 힘든 우리는 곧 그들에게 붙잡혔다. 바로 그 자리에서 2대 2로 한판 격투를 시작했으나, 이런 난리 통에 출동한 경찰에 의해 일차 상황이 종료되었다.

우리는 곧바로 안암파출소로 연행되었고 새벽 6시가 되어 다시 종암경찰서로 이송되었다. 죄명은 『무전취식과 폭행』이었다. 종암경찰서 유치장에 갇혀 있길 한 두 시간이 지나자 그 이전까지는 술 마신 객기로 전혀 두려움이 없었는데 슬슬 술이 깨기 시작하면서 그제서야 걱정이 되기 시작했다. 종암경찰서 유치장에 갇혀 있는데 아침 유치장 창살 사이로 도시락이 들어 온다. 도시락을 열어보니 까만 보리밥에 김치만 들어 있다. 눈물이 핑 돌면서 '내가 어쩌다 이렇게 되었지.' 후회막급이다. 도저히 밥이 안 넘어간다.

오전 10시쯤 되어 정석이 아버님이 오셨다. 유치장 너머로 보니 경찰들과 심각한 얘기를 나누더니 연신 허리를 굽신거리신다. 잠시 후 나와 정석이는 유치장 문을 나왔다. 나오자마자 정석 아버지가 정석이 뺨을 때리는 소리가 들렸다. 정석 아버지가 다시 나를 보시더니 "넌 누구냐?" 하시고 호통을 치신다. 응원단 동기라고 하니, 내 뺨도 때리셨다. 맞아서 아프기도 했지만 이런 일로 걱정을 끼쳐 죄송한 마음이 더 커서 아무 말도 못 했다.

아픈 뺨을 감싸고 경찰서 문을 나오니, 이번에는 응원단 선배들이 하얀 두부를 들고 서 계신다. 눈물반 두부반 엉엉 울면서 두부를 먹기 시작했다. 일단 집으로 돌아간 뒤 저녁에 응원단실로 복귀했다. 결국 징계위원회 절차에 따라 응원단원 자격 정지. 우리는 결국 1986년 정기 고연전 단상에 올라가질 못했다. 뼈저린 후회가 되었지만 받아들일 일이었다. 마침내 우리는 1987년 1월에 복권이 되어 1987년부터 다시 응원단상에 올라설 수 있었다. 내 청춘 시절의 아픈 사건은 그렇게 평생의 교훈으로 남아 많은 것들을 생각하게 해 주었다.

응원단에서
프로젝트 매니지먼트를 마스터했다

이석한

75년 응원단장

IT 컨설턴트

내가 다니던 보성고등학교는 매년 고대와 연대에 각 100명씩 진학했다. 3학년이 되면 "너는 연대 스타일, 나는 고대 스타일" 하면서 서로 어디가 더 어울린다는 농담을 주고받곤 했다. 나 같은 경우에는 열이면 열 모두 연대 스타일이라고 했다. 뭐라고 꼭 집어 말할 수 없는 무슨 스타일이란 도대체 어떤 것일까? 아마도 연대 스타일은 날씬, 멋쟁이, 가벼움, 자유로운 개인주의 성향 같은 것이었을 것이다. 반면에 고대 스타일은 묵직, 전통, 무게감, 공동체를 우선시하는 조직 성향 이런 것 아니었을까?그런데 대학을 졸업하고 내가 고대 출신인 걸 알게 된 사람들은 모두가 나를 전형적인 고대 스타일이라고 말한다. 신기하게도 대학 생활 몇 년이 사람을 이렇게 확 바꾸어 놓을 수도 있다는 점이 재미있다는 생각이 든다.

나의 첫 응원단과의 만남

내가 고대에 진학하게 된 건 집에서 구독하던 동아일보의 영향이 컸다. 당시 동아일보는 4·18정신이나 고대에 관한 사설을 많이 실었다. 무슨 기사건 '고대와 연대', '고연전' 같이 고대를 연대보다 앞서 다루었다. 그래서 자연스럽게 나는 고대가 연대보다 더 좋은 대학이라고 생각하게 되었다.

응원단과 처음 마주치게 된 건 신입생 오리엔테이션이었다. 그저 재미있다는 게 나의 첫 느낌이었다. 오종윤 형의 개그와 개사한 노래 '월남에서 돌아온 김상사'는 현장에 있던 모든 사람의 배꼽을 쥐게 하였다. 그러다 얼마 후, 우연히 학생회관 앞 게시판에 "응원단장"을 선발한다는 공고문을 보게 되었다. 마침 공고문을 본 시간이 선발시간 몇 십 분 전이었다. 나는 응원단장에 한번 도전장을 던져보겠다는 마음에서 무작정 그곳의 문을 두드렸다. 문 앞을 지키고 있던 한 선배가 이건 4학년들을 대상으로 하는 응원단장을 선발하는 곳이라고 했다. 1학년들은 우선 말단 단원생활부터 해야 하니 나중에 단실로 찾아오라고 했다. 그 선배는 고등학교 2년 선배이기도 한 강경구 형이었다. 이렇게 두근두근 나의 첫 응원단 생활이 시작되었다.

그 당시 1학년 신입 단원은 나와 전형선, 정일봉, 이상수 이렇게 4명이었다. 처음에는 중앙단상에서 멀리 떨어진 가장자리에 허름한 널빤지로 만든 단상에서 우리는 중앙단상의 동작을 흉내 내며 응원을 리드했다. 나중에 고교 동문회에서 선배들로부터 "응원 잘한다", "멋지네!" 라는 칭찬을 들으며 좀 더 잘해봐야겠다는 마음이 들었다.

가족 같았던 응원단 생활

내가 응원단을 좋아했던 건 응원 그 자체보다는 응원단실에서의 생활이었던 것 같다. 2남 2녀의 막내로 태어난 나는 형과의 나이 차가 18년이나 되다 보니 실제로는 외아들이나 마찬가지였다. 그래서 응원단에서 만난 선배들은 친형보다 더 가까운 형제와도 같았다. 지금도 그렇다.

응원단 신입생 환영회는 정문 앞 골목 <청구식당>에서 있었다. 동태찌개, 된장찌개, 제육볶음을 파는 소박한 곳이었다. 졸업생으로 오영석 형과 윤배선 형이 양복에 넥타이를 매고 참석했다. 신입생인 나는 "프라우드 메리", "솔리터리 맨" 같은 노래를 불렀다. 선배들은 노래가 신나고 좋다며 춤을 추었다. 오영석 형과 윤배선 형은 단짝으로 지금까지도 후배들 행사에 참석하고 격려해주는 응원단의 기둥이시다.

내가 1학년 때 응원단장은 노득용 형이었다. 큰 키에 얼굴이 희고 눈이 부리부리하게 생긴 완전 미남형이었다. 전년도에 정기전을 걸렀고, 단실도 새로 생겨 다들 열심히 응원연습을 했다. 나는 경기 때에는 사이드 단상을 책임졌고, 정기전에는 기수부의 조교 역할을 했다.

정기전 합숙은 2학년부터 했다. 나는 합숙훈련이 너무 하고 싶어 모든 심부름을 다 할 테니 꼭 참여하게 해 달라고 선배들을 졸라서 특혜를 받아 참석했다. 합숙을 하면서 매일 먹던 <청구식당> 음식이 지겨워 정문에서 안암동까지 식당들을 돌아다니며 외상을 텄다. 통행금지가 있던 시절이었지만 학교에 두고 온 물건이 있으면 야경을 피해 숙소에서 학교 단실까지 왔다 갔다 하며 심부름도 했다. 그러면서 '쏠쏠이'라는 별명도 얻었다.

그렇게 공들였던 정기전은 10월 17일 비상계엄령으로 무산되고 말았다. 많은 사람이 울었다. 노득용 단장, 김민영 부단장, 기획팀의 박종은 선배, 응원차장 김진철 선배, 1학년 전 형선, 정일봉과 함께 7명이었다. 비선대에서 응원가를 불렀다. 봉정암의 앞이 트인 화장실에서 본 단풍이 어찌나 아름다웠던지 지금도 그 광경이 눈앞에 어른거린다.

2학년 때 응원단장은 김민영 형이었다. 형은 아담한 키에 얼굴은 안성기를 닮았다. 형은 고대응원단의 박력 있고 큰 동작의 체계를 만들었다고 인정받는다. 후배들은 모두 그 동작을 표준으로 삼았다. 형은 단실에서 먹고 자는 생활을 했다. 도시락을 싸오면 나누어 먹고, 추석 때는 집에서 싸온 음식을 같이 나누어 먹었다. '달빛축제'라는 이 전통은 오랫동안 이어졌다. 김민영 형이 모처럼 데이트를 나갈 때면 내가 입고 갈 옷을 코디해 주곤 했다. 오랜만에 형과 만나면 아직도 그 얘기를 한다.

조단장 겸 기수부장이 된 나는 하프타임에는 센터 써클에 혼자 나가서 노득용 형으로부터 물려받은 펜싱 박수를 리드했다. 기수부장으로 기수부 명칭을 영타이거로 바꾸고 희망자는 모두 참여할 수 있도록 공모를 하였다. 1학년 때 형들 따라 여학생 체육 시간에 기수부 선발하러 갔을 때, 키가 작거나 몸이 불편한 학생이 어쩔 줄 몰라 하며 숨던 모습을 보고 반드시 고쳐야겠다고 생각해서였다.

이 해에 경기도 이기고 응원도 잘했지만 연대 응원단 석에서 불이 나서 다수의 학생이 죽고 다치는 끔찍한 사건이 있었다.

3학년 때는 부단장으로 승급하고 영타이거를 겸임해서 맡았다. 응원단장은 1년 선배 김석찬 형이었다. 형은 도서관에 주로 가고 단실에서는 자주 어울리지 않았지만 가장 고대 응원단장에 어울리는 풍모를 지녔다고 생각한다.

그해 정기전은 뱃노래와 함께 화려했다. 응원 단복부터 근사했다. 이전에 연대는 의상학과가 있어서 교수님이 하는 명동의 유명한 의상실에서 맞춘 데 비해, 고대는 장위동의 양장점에서 만들었었다. 이 해에는 앙드레김에서 단복을 맞추었다. 김석찬 단장이 입은 크리스털을 수놓은 붉은색 재킷은 화려하면서도 품위가 넘쳤다. 무엇보다 늠름한 체격에 잘 어울렸다. 같은 부단장이던 전형선은 한복 담당이었다. 양복 담당인 내가 입은 초록색 재킷과 베이지색 바지, 그리고 갈색 부츠도 정말 멋졌는데 사진이 없다니 안타까운 일이다. 이 해의 정기전은 경기도 압승, 응원도 압승이었다.

1975년 4학년이 되어 동기인 전형선과 응원단장 경선을 했다. 명동에 있는 중국집 큰 방에서 응원의 포부를 밝히고 동작 시범이 있었다. 선배들이 투표해서 내가 응원단장이 되었다. 그해 3월 김순배, 조중래, 이해일, 조상돈 같은 신입생을 뽑고 신나게 훈련을 했다. 그러다 4월 8일 긴급조치 7호로 휴교령이 내려지고 언제 개강을 할지 몰랐다. 입대를 하게 되면서 나의 응원단 생활 1기는 이렇게 끝이 났다.

단실에서 만난 선배들

복학하고 나서 응원단 2기가 시작되었지만 그 얘기는 생략한다. 대신 같이 생활했던 형들을 조금 더 추억하고자 한다. 6년이나 선배인 장영철 형은 졸업하고 월급날이 되면 자주 후배들을 불러내어 소고기 등심을 사주었다. 형수가 하던 웨딩드레스 샵도 자주 놀러 갔었다. 한순현 형은 술 한 잔에 열변을 토해낸다.

"우정은 믿게 될 때까지 속아주어야 한다"
"남자는 돈을 멀리해야 한다"

평범하지만 내가 항상 지니고 사는 말이다. 복학생이던 이재호 형의 역촌동 집에는 전집류 책이 많았다. 이 책 저 책 빌려다 보았는데 술 먹다 분실한 것도 여럿이라 전집의 이가 빠져 지금도 죄송하다. 형이 체코 여행 가서 사온 멋진 가죽 코트도 내가 입었다. 우황균형 집에서는 반년 동안 입주 가정교사를 했는데, 밤에는 형 방에서 같이 잠을 잤다. 형은 "남자는 꿈이 커야 한다"고 하고, 나는 "점프해서 닿을 만큼만 있어야 한다"며 많은 논쟁을 했다. 고마운 형들이다. 나도 후배들에게 내가 가진 좋은 것은 아낌없이 주었다고 생각한다. 내가 할 이야기는 아니고 그건 그들에게 물어볼 일이다.

정기전 프로젝트

응원단은 고연전이라는 연간 프로젝트를 수행하는 조직이라고 생각한다. 매년 단장을 새로 정하고, 고연전에서 구현하고자 하는 응원을 설계한다. 학기 초에 신입 단원을 모집해서 조직을 새로 구성하고 훈련한다.

5월쯤에는 영타이거를 선발해 연습시키고, 밴드부와 농악대는 공동의 목표를 달성하기 위해 동기를 부여하고 협력을 이끌어야 한다. 그리고 학생처와 총학생회, 5개 운동부, 각종 압력단체의 이해관계를 관리하는 것도 중요한 일이다.

정기전을 준비하고 수시로 있는 고연전에 출격하는 것만으로도 바쁜 생활이었다. 그런 데다 급속한 경제성장의 시대였다. 온갖 회사, 각급 학교는 왜 그렇게 체육대회를 열심히 하는지..., 그런 대회에서는 경기 우승보다는 응원상을 더 중요하게 생각했다. 모 재벌그룹 체육대회는 자체 보유한 방송국의 악단과 아나운서들이 총출동했다. 계열사 선수단이 줄 맞춰 도열하여, 재벌 총수가 입장할 때는 전국체전에 참석하는 대통령 뺨칠 정도였다. 그런 시절이니 응원연습을 시켜달라고 직접 찾아오거나 학생처나 선후배를 통해 들어오는 청탁은 거절하기 힘든 일이었다.

게다가 공부 좀 해야겠다 마음먹으면 수시로 휴교령이 내려졌다. 그 당시에는 한 학기 수업을 10시간 듣기도 어려웠다. 핑계가 되나? 하여튼 등록금을 9번 내고 졸업을 하게 된다. 그것도 입학할 때는 160이던 졸업학점이 140으로 줄은 혜택을 본 덕분이었다. 그리하여 평균학점 2.3이라는 성적표와 응원단장이라는 타이틀, 그리고 근거 없는 자신감을 지참하고 사회에 진출한다.

나의 사회생활

사회에 진출해서는 “저 사람이 고대응원단장이었다는데 뭐 이래?” 하는 소리를 들으면 안 되겠다는 생각을 했다. ‘멋진 사람’이 되어야 한다는 일종의 의무감 같은 것이었다.

‘멋짐’이라는 단어에 내재된 의미는 ‘관습과 형식을 뛰어넘는 자유로운 사고, 작은 이해에 연연하지 않고 솔선수범하는 행동양식' 이런 것이었다. 물론 깔끔하고 트렌드에 잘 맞는 외양을 위해서도 노력했다. 그리고 회식이나 노는 행사를 잘 리드해야 한다는 것은 숙명과 같은 의무감이었다.

사회생활을 어떻게 잘했는지는 몇 가지 소회로 대신한다.

"입사원서에 응원단장 한 줄이면 무사통과 하더라!"

"수많은 IT 프로젝트를 수행해 보아도,
정기전 프로젝트보다는 다 쉽더라!"

"몸에 배어서인지 내가 있는 부서는 응원단실과
비슷한 분위기가 된다.
그러면 성과는 저절로 따라오더라!"

한 마디로,

"응원단처럼 일하면 어떤 일이든 잘할 수 있더라!"

고대응원단을 살리고 싶었던 열정

오영석

68년, 69년 응원단장
외식사업

저는 50년 전인 1968년도와 1969년도 2년에 걸쳐 응원단장을 역임하였습니다. 너무나 오랜된 일이지만 아직도 생생한 그 청춘의 기억들을 오늘 되돌아보겠습니다. 1968년도 장충체육관에서 농구 올스타전 게임이 열려서 저는 친구와 함께 갔었습니다. 이때까지만 해도 저는 응원에 큰 관심이 없었습니다. 그런데 고대 응원이 연대 단장의 위세 넘치는 원맨쇼에 기운을 잃는 것이 안타깝다는 생각을 했습니다. 그 생각은 그 후로도 오랫동안 제 머릿속에 남아 그 날의 힘없던 고대 응원을 어떻게 든 한번 살려 보고 싶다는 생각을 하게 되었습니다. 원하면 이루어진다고 했던가요. 교수님들의 권유로 드디어 제가 응원단장이 되었습니다. 준비 중이던 국가고시를 뒤로 미루고 우선 눈앞에 닥친 위기의 고대응원을 살려보기로 했습니다. 그러나 내가 가지고 있는 무기는 없었습니다.

우선 고대응원단에서 기수부를 새롭게 만들었고, 훈련을 위한 응원 기자재, 필요 경비를 마련하기 위해 학생처장님을 만났습니다. 학생들이 등록금을 낼 때 별도로 응원단비 1,000원을 받기로 하고, 그 금액에 대한 집행권을 위임받았습니다. 그 당시에 이 돈은 꽤 큰돈이었습니다. 이렇게나 든든한 재정적 뒷받침을 기반으로 1968년도 응원단은 드디어 출범하게 됩니다. 새롭게 만든 기수부의 훈련은 고대 응원의 미래를 가늠하는 중요한 것으로 생각했습니다. 그 당시 유명했던 중앙대 무용과 교수님을 초빙해서 캉캉 춤과 인디언 춤 등 6곡의 그룹댄스를 완전히 몸에 익힐 때까지 실전처럼 연습했습니다. 기수부 연습은 한 명이라도 늦으면 시작할 수가 없었습니다. 그래서 지각을 하거나 하면 기강을 위해 매를 대기도 했습니다. 나부터 치라고 했습니다. 여학생들은 울고..., '우리 정말 잘해보자'는 결의를 다시 다졌습니다. 춤사위가 얼마나 완벽했던지 워커힐 쇼단을 불러왔느냐는 말까지 듣게 되었습니다.

그때 당시는 정기전이 있었던 주간의 수, 목요일은 대운동장에서 온종일 쉬지 않고 응원연습을 했습니다. 연습 기간과 고연전 당일까지 4일 연속 기획진도 없고, 부단장이나 리더 한

명 없이 단장 혼자 응원을 이끌어가야 했습니다. 그 일이 저에게는 그리 쉽지는 않았습니다.

예상대로 연대 원맨쇼와 같은 응원이 나오면 먼저 기수부가 나가서 응수하고 그다음 고대 본진이 출두합니다. 그럼 뜻밖에도 TV 카메라와 중계가 연대의 단독 응원에서 고대의 단체응원으로 옮겨오는 것이었습니다. 단체 응원은 미리 준비되지 않으면 그 자리에서 절대 변경시킬 수가 없습니다. 미리 준비된 연습만 가능한 것이 단체응원입니다.

1968년도 고연전은 경기 종합전적 4승 1무의 쾌거를 이루고, 응원까지 승리하여 5승 1무로 막을 내렸습니다. 고연전이 끝난 다음 날 아침, 학생처에 인사하러 갔더니 다들 힘들어서 어딘가에 쓰러져 있는 줄 알았는데 왜 이렇게 멀쩡하냐며 신기해하면서도 고생했다는 따뜻한 눈길을 보내주셨던 게 생각납니다. 지금도 그분들의 얼굴이 떠오르는군요.

오늘 문득 다시 그 시절을 되돌아보면, 앞만 보고 달리느라 주변을 살피지 못했던 시간이 떠오릅니다. 오로지 열심히 뛰어 연대를 따라잡고, 응원에 활기를 불러 넣고 싶다는 생각뿐이었던 것 같습니다. 그때는 그것이 정의였고, 진리였습니다.

이제 내 나이 70대 중반에 들고 보니 그렇게 앞만 보고 내

달았던 행동들이 다 옳지만은 않았다는 것을 깨닫게 됩니다. 저의 이런 외골수적인 행동으로 혹시 상처를 받으신 분들이 계신다면 용서를 구하고 싶습니다. 오늘 모든 것을 털고, 용서하고 변화를 거듭하여 항상 새로운 정점에 서서 살아 움직이는 생명력 있는 응원단이 되기를 바랍니다. 저는 언제나 그렇게 되기를 기도하겠습니다.

Epilogue

응원하는 것은
응원받는 것보다 행복하다

아마도 제목이 어딘가 낯이 익다고 생각하실 것입니다. 그렇습니다. 1953년 시인 유치환 선생님께서 발표하신 시, <행복>의 첫 구절인 '사랑하는 것은 사랑을 받느니보다 행복 하나니라'를 패러디한 것입니다. <행복>이라는 시는 왜 그렇게 많은 사람들의 공감을 이끌어 낼 수 있었을까요?

아마도 시를 통해 사랑에 대한 새로운 명제를 독자들에게 던져주었기 때문이 아닐까 싶습니다. 대체로 사랑을 받는 사람이 더 행복할 것으로 생각하지만, 오히려 사랑을 하는 사람이 더 행복하다고 말하고 있기 때문이지요. 그리고 생각해보면, 그 사랑의 결과가 어떠하였든, 사랑을 하는 과정에서 많은 사람이 행복감을 느끼는 것도 사실입니다.

응원도 그렇지 않을까 생각합니다. 왜 그토록 그 많은 사람들이 응원을 하는 것일까요? 그 답은 아마도 위에서 인용한 <행복>의 마지막 구절에서 찾을 수 있을 것 같습니다.

마지막 구절은 이렇습니다.

'사랑하였으므로 나는 진정 행복하였네라.'

그렇습니다. 사랑하는 것은 사랑 그 자체도 아름답지만, 그 과정을 통해 행복하였기 때문에 더 가치가 있습니다.

응원도 마찬가지입니다. 이를테면 운동경기를 응원하는 목적이 무엇일까요? 우리 팀이 승리하도록 하는 것이 목적일까요? 그렇지 않다고 생각합니다. 내 응원의 결과로 승리하면 행복하고, 승리하지 못하였더라도 최선을 다하는 모습을 보여

준다면 그들의 노력 때문에 행복하기 때문입니다. 즉, 누군가를, 혹은 무엇인가를 응원하였다는 그 자체가 행복하다는 것이겠지요.

많은 사람이 행복하게 살기를 원하고, 또 많은 사람이 자신의 관점에서 행복하게 사는 법을 이야기합니다.

<자신을 응원하라>는 그 방법의 하나로 응원을 제안합니다. 주변의 많은 사람을 응원함으로써 함께 행복해질 수 있을 때, 응원의 가치는 더욱더 커질 수 있을 것입니다.

물론, 응원을 실천하는 당신의 가치까지 포함해서 말이죠.

2000년대 고대응원단 뉴스 11

장이슬

19년 음악부 조단장

1. 전승 신화

2014년 고연전은 아시안게임 때문에 10월 10일~11일에 있었다. 이 해 고연전에서 고대는 <고대빵>을, 연대는 <연세우유>를 응원하는 학생들에게 나누어 주었다. 그로 인해 “뱃속에서 벌어지는 고연전”이라는 농담을 던지곤 하였다.

야구의 경우 심판의 애매한 HBP 판정에도 불구하고 고대 외야수 사공엽이 5타수 3안타를 기록하며 6대3 역전승을 기록했다. 또한 사공엽의 홈런은 09년 이후 첫 고연전 잠실 홈런이었다. 농구는 2쿼터까지 큰 점수 차로 밀리다가 3쿼터부터 농구부의 두목 호랑이 이승현 선수와 3학년 이종현 선수의 큰 활약으로 짜릿한 역전승을 거두었다.

빙구는 1피리어드에만 3점을 기록하며 3대2, 17년 만에 우승을 기록했다. 럭비는 전반전 5대 8로 밀리다 후반전에만 28점을 기록하며 33대 23점으로 우승. 축구는 어김없이 굳건한 승리를 가져왔다.

그렇게 2014년 야구 6대 3, 농구 61대 58, 빙구 3대 2, 럭비 33대 23, 축구 2대 0으로 1965년부터 이어져 온 고연전 50년 역사상 처음으로 고대가 5전 전승을 기록했다. 유례없는 5전 전승 이후 고대는 '오대빵'을 기념으로 출시하게 된다.

2. 무한도전 응원단

2013년 무한도전에서 '응원단' 특집편을 촬영하게 된다. 무한도전 멤버들이 직접 고대와 연대 응원단에게 응원을 배우며 실제 응원오리엔테이션, 정기전에서 응원을 하는 장기 프로젝트였다. 고대 위탁생은 유재석, 하하, 정준하, 박명수였고 연대 위탁생은 길, 정형돈, 노홍철이었다.

응원단의 노력과 고연전의 생생한 모습이 담겨져 많은 학생들에게 고대와 연대, 그리고 응원단에 대해 큰 관심을 갖게 만들었지만 한편으로는 자기들만의 리그다, 응원단의 똥 군기와 연대책임과 같은 악습이 보기 싫다 등 악평이 많았다. 실제로 시청자들이 뽑은 최악의 프로젝트 5위에 뽑히기도 했다. 하지만 아이러니하게도 그다음 해인 2014년에 역대로 많은 신입 단원 지원자가 몰렸다.

3. 최초 100승 달성

2016년 고대 최초로 5개 종목 총 100승을 기록했다. 물론 역대 전적에서는 연대에게 밀렸지만 종목별 총승수에서 앞선다는 점에서, 그리고 100승이라는 점에서 그 의미가 컸다.

야구는 초반에 3대 0으로 밀렸지만, 후반에 4점을 기록해 4대 3 역전승. 농구는 2쿼터까지 10점 이상 밀렸지만, 후반에 기적 같은 무승부를 기록하면서 모두 감동의 눈물을 흘렸다. 빙구 또한 아쉬운 무승부, 그리고 럭비는 마지막 킥을 성공시키지 못해 1점 차이로 아쉽게 졌다. 축구는 선제골을 허용했지만 내리 3골을 기록하며 승리! 이로써 고대는 2011년부터 6년 연속 무패 행진을 기록하게 된다.

4. 전패 그리고 우천취소

2016년 우승 이후 고연전 총 전적이 18승 10무 18패로 동률이 되었다. 과연 고대가 역전할지 많은 관심이 쏠렸지만 아쉬운 5전 전패를 기록하게 된다. 이때 가장 많이 유행했던 말이 바로 "고오대빵". 2014년 오대빵을 만들었던 고대에 대한 연대의 소심한 복수. 실제로 연대 응원단은 2018년도 송대관의 유행가를 편곡해 '오대빵'이라는 응원곡을 만들게 된다.

5. 응원단의 졸업식

응원단에서는 현단원과 기획진 생활을 마치고 졸업하는 선배들을 위한 졸업식을 연다. 졸업생들을 위해 명패를 제작하고 대자보에 응원단원 시절 사진과 소소한 스토리를 넣어 졸업식 당일 학생들이 많이 지나다니는 장소에 걸어둔다. 졸업하는 동기 학번에서는 동기들을 위한 현수막을 자체 제작하여 걸어둔다. 원형극장을 빌려 그곳에서 응원단 졸업식을 열어 응원단 지도교수님의 한 말씀 이후, 상패 및 꽃다발 증정, 그리고 사발식을 한다. 그리고 응원곡에 맞춰 후배들 앞에서 졸업생들이 응원 동작을 하게 된다. 이때 지나가는 모든 학우와 부모님들이 주변에서 지켜보고 환호해준다.

6. 사이버 고연전

2011년 최초의 사이버 고연전이 진행되었다. 그 당시 주 종목은 스타크래프트 2와 카오스(CHAOS). 스타크래프트는 연대의 승, 카오스는 고대의 승으로 무승부를 기록하게 된다. 이때 참여했던 인원들이 모여 디럭스(Deluxe)라는 게임동아리를 창설하고 디럭스가 매년 사이버 고연전을 기획하게 된다. 2012년 이후 프로 에볼루션 사커, 카트라이더, 서든어택, 스타크래프트2, 리그오브레전드 5개 종목으로 확장되게 된다. 이때 리그오브레전드에서 모든 고대 선수들이 '고대인의 의지'라는 아이템을 끼고 연대를 무찌르며 저력을 과시했다. 사이버 고연전은 매년 그해에 유명한 게임을 통해 양교가 선의의 경쟁을 펼친다. 그렇게 올해 2018년에는 리그오브레전드, 하스스톤, 오버워치 등 3종목으로 맞붙었고 고대가 연대를 3대 0으로 꺾으며 최종 승리하게 되었다. 지금까지의 2011-2018의 전적은 5승 1무 1패로 고대가 압승 중이다.

7. 문화 고연전

이제 고연전은 비단 5개 운동 경기에만 국한되지 않는다. 교내 다양한 동아리끼리 서로 맞붙는 또 하나의 축제의 장이 되었다. 2014년부터 벌어진 고려대학교와 연세대학교 흑인음악동아리 'TERRA'와 'RYU'의 힙합 정기전 – 서로의 디스곡을 발표하고 영상 조회 수와 화제성을 바탕으로 승패를 겨룬다. 그 외에도 댄스동아리, 마술동아리, 국악동아리 등 양교의 동아리끼리 서로의 문화를 교류하는 정기전들이 만들어지고 이어져 오고 있다.

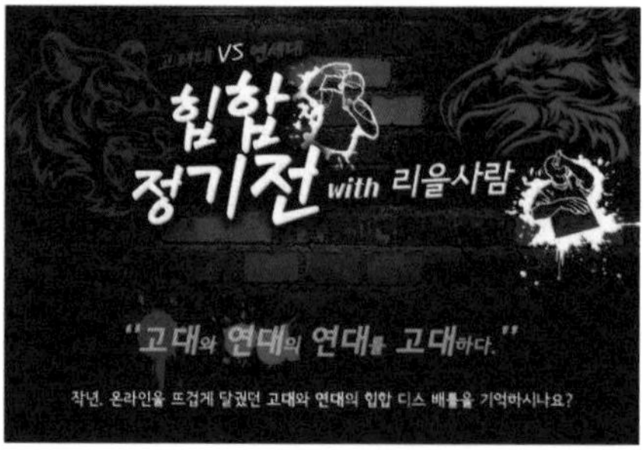

8. 별의별 정기전

고연전을 벤치마킹하는 여러 가지 정기전이 생겨났다. 우선 서울대학교와 한양대학교가 누가 대한민국의 수도냐를 걸고 '수도전'이 탄생했다. 그 외에도 카이스트와 포항공대의 '포카전' 충남대와 충북대의 '충전' 등이 있다. 여담으로 고구려대학교, 백제예술대학교, 신라대학교 간 삼국전도 벌어져야 하지 않으냐는 반응도 많았다.

9. 응원 오리엔테이션

고려대학교 응원단은 상반기, 하반기 각각 3번의 응원 오리엔테이션을 기획한다. (학생들은 응원 오리엔테이션을 줄여 응원오티 또는 응티라고 한다.) 3번의 응원오티는 세종 응원 오리엔테이션, 서울 응원 오리엔테이션, 합동 응원 오리엔테이션이다. 세종오티는 세종캠퍼스의 노천극장, 서울오티는 고려대학교의 화정체육관, 합동오티는 상반기에는 고려대학교의 녹지운동장, 하반기에는 연세대학교의 노천극장에서 열린다.

응원 오리엔테이션에서 신입생들은 응원곡을 배우고 처음으로 응원단과 마주하게 된다. 응원뿐만 아니라 동작부의 화려한 퍼포먼스, 엘리제의 멋진 공연, 기수부의 현란한 레파토리는 신입생들의 고뽕을 더욱 강화시킨다. (고뽕은 고대인으로서 가지는 자부심이다)

10. 입실렌티

입실렌티는 고려대학교 응원단이 1978년부터 시작된 큰 축제이다. 입실렌티에서는 응원단 신입 단원들을 처음으로 선보이는 자리이다. 먼저 동작부와 엘리제를 모집하고, 기수부는 입실렌티가 끝나고 모집을 한다. 신입 단원들은 단상에 올라 약 4~5곡을 하는데 봉지곡과 뱃노래이다. 봉지곡에는 붉은 노을, GO 100, 너 그리고 나, 샹젤리제가 있다. 신입 단원들은 입실렌티를 통해 응원단원으로 한 발짝 성장하는 계기가 된다.

입실렌티에서는 응원뿐만 아니라 가수들을 초청하여 축제의 규모를 넓힌다. 작년에는 싸이, 멜로망스, 하이라이트, 모모랜드, 블랙핑크 등이 왔었다. 입실렌티 라인업은 당일까지 비공개이므로 학우들의 궁금증을 자아낸다

11. 하나 된 응원단

고려대학교 응원단 안에는 동작부, 엘리제, 기수부가 있다. 동작부, 소나기(음악부), 기수부가 분리되어 있는 연세대학교와는 달리 고대는 세 개의 부서가 응원단이라는 이름 하나로 이루어져 있다.

동작부는 단장단이라고 하며 단상에서 화려한 옷을 입고 학우들의 응원을 지도하는 단원들이다. 동작부의 장은 응원단장이라고 하며 해당연도의 응원단의 컨셉과 기조를 잡고 손끝으로 2만 학우의 심장을 울리는 역할을 한다. 응원단장 밑에는 부단장(3학년 or 기획진), 조단장 (2학년), 신입 단원으로 이루어져 있다. 여기서 기획진은 3학년 이상의 응원단원이다. 기획진은 여러 행사를 도와 주고 기획한다. 동작부가 입는 화려한 옷은 단복이라고 하며 단복 중에는 앙드레김이 만들어 이름이 앙드레라는 단복도 있다.

엘리제는 음악부이며 주로 응원곡을 연주하며 행사마다 공연 곡을 준비한다. 파트별로 보컬, 키보드, 드럼, 베이스, 기타가 있다. 음악부의 장은 음악부장이데 음악부장은 응원곡 연주에 있어 전체적인 세션들의 조화를 보고 피드백을 통해 음악을 감독하는 역할을 한다. 단원들은 조단장(2학년)과 신입 단원으로 이루어져 있고 3학년으로 진급한 후에도 기획진이라는 이름으로 응원단 생활을 계속하며, 지속적으로 단실을 방문하여 후배들에게 음악적으로 도움을 준다.

기수부는 영타이거(Young Tigers)라고 하며 기를 이용하여 학우들의 응원을 지도한다. 기수부의 장은 기장이라고 하며 기장은 훈련 및 실제 행사를 통괄하고 훈련의 진행사항 및 무대 기획을 총관리를 한다. 기수부는 학우들과 가장 가까이에서 응원을 지도함으로써 학우들이 응원을 배우는 데에 많은 영향을 끼치고 행사 때마다 매년 다르고 화려한 레파토리 모양을 만들어 학우들을 응원에 깊게 빠져들도록 한다.

지은이 호응회

(고려대학교 응원단 OB회)

호응회(虎應會)는 '고대정신 함양'과 '고대 응원 발전'을 위해
고려대학교 응원단 후배들을 후원하고 지원하는 응원단 출신들의
OB 모임이다.

1970년대 초반 응원단 졸업생들을 중심으로 결성되어
현재까지 약 300여명의 회원이 가입되어 있으며,
2000년대 이후 응원단 편제가 동작부, 기획부, 음악부, 기수부로
바뀌면서 과거 응원리더(현재의 동작부와 기획부) 중심의 회원들에서
음악부와 기수부 활동을 했던 졸업생들까지도
회원으로 가입되어 있다.

'호응회'는 고려대학교 출신 체육인들의 모임인 '고우체육회'의
일원으로 고려대학교 체육 발전에 일조해 오고 있다.

❀ 이 책의 출판에 도움을 주신 분들께 감사드립니다.

사진 제공 : 호영회, 고대신문, 추영훈(05학번)

기획과 진행 : 김순배, 이석한, 권오진, 안해진, 김정환

표지 글 : 윤산 강행원 화가

그림 외에 한학과 서예에 능하고 시인이기도 하다.

한국화를 한 작가들 중에서 유일하게 민중미술 운동을 이끌었다.

전통적 문인화 기법에 조예가 깊어 문인화론사의 미학을 출간한

보기드문 박학한 화가이다.

또한 중앙 일간지 연재물 황석영, 김성동 등 대하소설의 삽화를 그렸다.

자신을 응원하라

초판 발행 2020년 1월 27일
지은이 호응회
펴낸이 정유진
편 집 문홍주
디자인 Hartbak Design, 이이사벨
펴낸곳 노북(no book)
주 소 경기도 수원시 영통구 광교중앙로 145 A432
전 화 031-8025-9200 팩 스 050-4211-8560
https://blog.naver.com/nobookorea
이메일 nobookorea@gmail.com
출판등록 2018년 7월 27일 제2018-000072호
인 쇄 (주)꽃피는청춘

ISBN 979-11-90462-01-3 (03810)